Andreas Mun

Der verges

Die Texte von **Andreas Mundt** laden zum Nachdenken und zum Schmunzeln ein. Und immer wieder lassen sie die Leser stutzen.
Merkwürdige Figuren tummeln sich in den seltsamen Geschichten, mal auf tragische, mal auf skurril-heitere Art.
Andreas Mundt lebt mit seiner Frau und drei Goldfischen in Lilienthal bei Bremen. Wenn er mal nicht schreibt, arbeitet er als Heilerziehungspfleger und trifft dabei immer wieder auf inspirierende und interessante Menschen.

Besuchen Sie den Autor auf seiner Homepage:
https://andreas-mundt.jimdofree.com/

Titelabbildung: © Jens Siebert

1. Auflage 2020

ISBN 978-3-95494-218-3
www.edition-falkenberg.de

Andreas Mundt

Der vergessliche Fisch

Eine merkwürdige Geschichte aus den Wümmewiesen

Edition Falkenberg

Sollte sich jemand durch die folgende Geschichte
in seinen religiösen Gefühlen verletzt fühlen,
bitte ich um Entschuldigung.
Ich habe es nicht böse gemeint.
Und der Fisch auch nicht.

Erstes Kapitel, in dem sich ein folgenschweres Missgeschick ereignet

Für gewöhnlich war Knut Harmsen nicht besonders zimperlich, doch die Dämpfe brannten ganz fürchterlich in seinen Augen und verätzten ihm die Atemwege. Knut sah schwarze Flecken und im Magen machte sich ein flaues Gefühl breit. Er torkelte zur Tür, spürte die kühle Luft und kippte um. Als er wieder zu sich kam, lag er im feuchten Gras vor der Scheune. Wie lange er dort gelegen hatte, wusste er nicht. Den Brechreiz unterdrückend, biss er tapfer seine Zahnprothese zusammen und ging wieder hinein. Inzwischen hatten sich die Giftschwaden etwas verzogen. Knut hob den Kanister auf. Wildkraut-Ex stand darauf. Dreifach-Konzentrat.

Nachdem die ach-so-schlauen EU-Kommissare vor ein paar Jahren entschieden hatten, das gute Zeug zu verbieten, war Knut sofort nach Lilienthal gefahren. Der Landhandel am Falkenberger Kreuz hatte noch vierundzwanzig Kanister auf Lager. Knut zögerte nicht lange, kaufte den kompletten Bestand auf und deponierte ihn in seiner Scheune. Damit war er ein paar Jahre lang hingekommen. Aber ausgerechnet heute, als er die letzten Liter in den Tank der Feldspritze füllen wollte, rutschte ihm der Einfüllstutzen ab und die Plörre schwappte auf den Boden.

Knut hob den Behälter an und schüttelte ihn. Na, soviel konnte nicht daneben gegangen sein. Der Kanister war noch halb voll. Er wischte sich mit der Hand den Schweiß von der Glatze. Sofort kribbelte seine Kopfhaut. Da hatte er wohl noch etwas von dem Zeug an den Fingern gehabt. Er kippte den Rest in den Tank und warf den

Kanister fort. Mit dem Traktor zog Knut die Feldspritze vom Hof und tuckerte die Landstraße runter.

Am Haus der Kräuterhexe direkt vor Fischerhude bog er einen Feldweg ab und fuhr ein Stück am Nordarm der Wümme entlang. Kurz darauf kam ihm die Olle auch schon entgegen. An ihrem Hexenarm baumelte ein Korb, in dem sie Unkraut gesammelt hatte.

»Moin Freya«, murmelte Knut so leise, dass sie es unmöglich hören konnte, und nickte ihr kurz zu. Im Rückspiegel sah er, wie sie ihm böse hinterherguckte. Vermutlich murmelte sie dabei ein paar alberne Zaubersprüche.

Als Kinder waren Freya und Knut zusammen in die Schule gegangen. Damals hieß sie noch Birgit und nannte sich Biggi. Als Sechzehnjährige war sie das einzige Mädchen in Heuwede, das es wagte, sich zu schminken und hochhackige Schuhe zu tragen. Das hatte Knut damals schwer imponiert. Leider war aus der coolen Biggi eine dämliche Öko-Tussi geworden. Inzwischen nannte sie sich Freya, trug wallende, verwaschene Gewänder und faselte von Spiritualität und vom Einklang von Geist, Mensch und Natur. Tja, so konnten sich die Menschen verändern.

Direkt neben dem Fischteich des Bürgermeisters besaß Knut ein Stück Land. Dem gab er nun Saures. Die volle Ladung. In ein paar Tagen wollte er Kartoffeln setzen. Leider wurde er, als er so schön am Spritzen war, von einer heftigen Windböe überrascht. Eine große Wolke vom letzten, unersetzlichen Rest Wildkraut-Ex wurde über seinen Trecker hinweg in den Karpfenteich gepustet. Das war natürlich ärgerlich. In dem Tümpel nutzte ihm das schönste Herbizid nichts. Darüber hinaus würde der Bürgermeister sich fürchterlich aufplustern und rummeckern, wenn er etwas davon mitbekam.

Knut sah sich um. Weit und breit war niemand zu sehen.

»Was er nicht weiß, macht ihn nicht heiß«, murmelte Knut, versprühte den letzten Rest Gift auf dem Acker und fuhr zufrieden nach Hause.

Zweites Kapitel, in dem ein Fisch unnatürliches Verhalten zeigt

Wie an jedem Donnerstagabend traf sich auch heute wieder der Kegelklub vor dem alten Kriegerdenkmal. Früher waren sie immer in den Heuweder Krug gegangen. Dort gab es im Keller sogar eine echte Kegelbahn. Allerdings hatten sie die nur selten benutzt. Viel lieber saßen sie einfach beieinander, plauderten und kippten ein paar Bierchen. Bloß der Maler nicht. Der trank lieber Zitronenlimonade. Er war ein Maler in zweierlei Hinsicht. Sein Geld verdiente er als Anstreicher, doch seine wahre Leidenschaft galt der Kunstmalerei. Einmal hatte er Knut stolz eines seiner großformatigen Bilder gezeigt. Leider fehlte dem Landwirt das richtige Kunstverständnis. Er fragte den Maler, ob er nicht den Fleck überpinseln und stattdessen ein schönes Bild auf die Leinwand bringen wolle. Wütend schimpfte der Künstler, dass er dem Kulturbanausen nie wieder eines seiner Werke zeigen wolle. Und überhaupt, zeterte er weiter, Knut sei ja wohl der allerdümmste Bauer auf Erden, ein dämlicher und unwissender Trottel, ohne jeden Sinn für das Abstrakte, eine Schande für die Zivilisation und so weiter.

Doch wenn sie nicht über Kunst sprachen, verstanden sich die beiden gut und waren die besten Freunde.

Nachdem die Kneipe für immer geschlossen worden war, musste sich der Kegelklub einen neuen Treffpunkt suchen. Zunächst hatten sie sich vor der Kirche getroffen, doch der Pastor fürchtete, die Gemeinde könnte Anstoß daran nehmen, wenn er sich regelmäßig vor dem Gotteshaus mit seinen Kumpanen traf und sich ein paar Biere hinter die heilige Binde goss.

»Welche Gemeinde denn, Pfaffe?«, hatte Knut gefragt und gelacht. Es war allgemein bekannt, dass die Gottesdienste nur von der alten Gertrud und der noch älteren Frau Braas besucht wurden. Gertrud brachte immer ihren Gatten mit, der niemals etwas sagte, und Frau Braas ihr hässliches Hündchen, das ebenfalls niemals etwas sagte, aber dafür wenigstens eine rosa Schleife auf dem Kopf trug. Doch voll wurde die Kirche so natürlich nie.

»Also, Pfaffe, wen meinst du, wenn du von *deiner Gemeinde* sprichst? Doch wohl nicht die zwei alten Tanten mit ihrem Gefolge?«

»Nenn mich nicht Pfaffe!«, grummelte der Pastor. »Natürlich muss ich Rücksicht auf meine Stellung in der Öffentlichkeit nehmen. Ob es dir passt oder nicht: Wir müssen uns einen anderen Ort suchen.«

Also traf sich der Klub jeden Donnerstagabend vor dem Kriegerdenkmal. Zwar gab es auch hier keine Kegelbahn, doch die Männer waren sich einig, dass sie darauf notfalls verzichten konnten. Zumal es bei diesem Sport ja sowieso hauptsächlich um das gesellige Beisammensein ging. Und immerhin gab es beim Denkmal eine stillgelegte Bushaltestelle, wo sie sitzen konnten und, auch wenn es regnete, wunderbar trocken blieben.

»Vielleicht sollte ich nach Worpswede ziehen«, überlegte der Maler und nahm einen kräftigen Schluck Zitronenlimonade. »Oder wenigstens nach Fischerhude.«

»Du willst weg aus Heuwede?«, fragte der Pastor. »Wieso das denn?«

»Worpswede liebt die Kunst und weiß seine Künstler zu schätzen. In Heuwede versteht niemand meine Werke.«

»Maler, das kannst du vergessen«, mischte sich Knut ein, »du glaubst doch nicht ernsthaft, dass sich anderswo jemand für dein Geklekse interessiert?«

»Nanana.«

»Was heißt hier nanana, Pfaffe? Glaubst du etwa, dass sie in Worpswede nur so auf unseren Maler warten?«

»Nenn mich nicht Pfaffe!«

Und dann kam der Bürgermeister.

Vor vielen Jahren, als sich der Kegelklub noch in der Kneipe getroffen hatte, da hatte er auch noch dazugehört. Doch ein Kegelklubtreffen, bei dem nicht einmal theoretisch die Möglichkeit bestand, zwischendurch zu kegeln, war ihm einfach zu blöde gewesen. Er hätte es nicht nötig, erklärte er, sich wie ein Gammler oder jugendlicher Halbstarker irgendwo in dunklen Ecken herumzudrücken und mit zweifelhaften Gestalten Bier zu trinken. Da ginge er doch lieber angeln.

Die drei verbliebenden Kegelbrüder hegten den Verdacht, dass der Bürgermeister sowieso bloß aus politischen Gründen zum Kegeln gekommen war, nämlich um Stimmen für die nächste Wahl zu sammeln. Das wäre allerdings gar nicht nötig gewesen, denn niemand außer ihm hatte je den Wunsch verspürt, Bürgermeister von Heuwede zu werden. Heute war der Dorfchef allerdings überhaupt nicht bemüht, sich in der Wählergunst gut zu stellen. Er zeterte und schimpfte schon von Weitem und war ganz offensichtlich außer sich vor Wut.

»Du hast sie umgebracht!«, brüllte er. »Du Fischmörder!«

Mit hochrotem Kopf rannte er auf den Kegelklub zu und schwang dabei einen Zaunpfahl.

»Was ist denn mit dem los?« Der Pastor wurde bleich.

»Keine Sorge, Pfaffe, ich glaube, der meint mich.«

»Nenn mich nicht Pfaffe.«

Das hörte Knut schon nicht mehr. Eilig stieg er auf den Trecker und gab Vollgas. Der Bürgermeister rannte fluchend und zaunpfahlschwingend hinter ihm her. Der verbliebene Rest des Kegelklubs folgte dem wutschnaubenden Bürgermeister. An der Hauptstraße, die Heuwede, Quelkhorn und Fischerhude miteinander verband, ging ihm die Puste aus. Er blieb auf der Brücke stehen, warf den Zaunpfahl über das Geländer in den Nordarm der Wümme und stützte sich keuchend ab. Der Pastor und der Maler tätschelten ihm die Schulter und versuchten, beruhigende Worte zu finden.

Knut konnte noch im Rückspiegel erkennen, dass seine Kegelbrüder den Wüterich stoppen konnten und nun auf ihn einredeten. Der Landwirt bog am Häuschen der Kräuterhexe ab und raste den holprigen Feldweg entlang.

Auf dem Kartoffelacker hielt er an und stieg ab. Das Wildkraut-Ex hatte ganze Arbeit geleistet. Kein einziges Blümlein war übriggeblieben. Nur braune, verdorrte Halme. Knut schlurfte zum Karpfenteich. Auch hier hatte das Unkrautvernichtungsmittel seine tödliche Wirkung voll entfaltet. Leider war es dabei über das Ziel hinausgeschossen. Im Wasser schwammen eine Menge toter Fische. Mit den bleichen Bäuchen nach oben. Die trübe Brühe stank widerlich und kleine Bläschen hatten sich gebildet. Nachdenklich strich Knut sich mit der flachen Hand über die Glatze.

»Pöh, kann ich doch nichts dafür, wenn ein bisschen was in den Teich geflogen ist. Hab den Wind ja nicht gemacht.«

Doch wohl war ihm dabei nicht zumute. Möglicherweise war das Wildkraut-Ex doch nicht ganz grundlos verboten worden. Vielleicht war die ökologische Landwirtschaft, die ja gerade so modern war, gar nicht *so* blödsinnig, wie er immer geglaubt hatte. Knut spuckte ins verseuchte Wasser, drehte sich um und ging zum Trecker. Hier hatte er nichts verloren. Am besten, er hielt sich in den nächsten Tagen fern von seinem Kartoffelacker und vom Bürgermeister. Irgendwann würde sein Zorn schon verraucht sein. Dann würde Knut ihm ein Bier spendieren und sie würden über die Sache lachen. Er wollte den Motor starten, da rief jemand: »Hölfö!« Die Stimme klang merkwürdig gedämpft. Und irgendwie etwas lahmarschig. Knut sah sich um, konnte aber niemanden sehen.

»Hööölfö! Du musst möch röttön!«

»Hallo!«, rief Knut. »Ist da jemand?«

»Na klar, sonst könntö öch ja nöcht rufön.«

»Wer bist du? Wo bist du?«

»Öm Wassör, du Trottöl.«

Knut trat an den Teich. Direkt unter der Oberfläche schwamm ein fetter Karpfen und schnappte nach Luft.

»Röttö möch. Öch wöll nöcht störbön.«

Natürlich wunderte sich Knut, dass ein Fisch mit ihm sprach. Doch er hatte keine Zeit, sich darüber lange Gedanken zu machen; es galt ein Menschenleben, nein, ein Fischleben zu retten. Er konnte jetzt nicht rumbummeln und über merkwürdige Naturphänomene grübeln, das Tier musste raus aus der giftigen Brühe. Leider hatte Knut aber kein Aquarium mit Frischwasser dabei.

»Bin gleich wieder da!«, rief er. »Warte hier auf mich!« Er rannte zum Trecker. »Lauf nicht weg!«

In einem irren Tempo raste Knut den holprigen Feldweg entlang.

Drittes Kapitel, in dem wir die Kräuterhexe, die Frau des Bürgermeisters und Tante Berta kennenlernen

Am späten Nachmittag saßen Freya und Lena in Quelkhorn auf einer Bank und schleckten Eis. Im Sommer trafen sie sich oft hier, denn bekanntlicherweise gab es im Café Lindenlaub das beste Eis der Welt. Lena war die Frau von Jochen, dem Bürgermeister von Heuwede. Gerade hatte sie ihrer Freundin Freya von der Katastrophe im Karpfenteich berichtet.

»Zuerst war Jochen stinkwütend. Inzwischen hat er sich etwas beruhigt.«

»Da hat bestimmt Knut Harmsen, diese Geißel der Schöpfung, seine Finger im Spiel.«

»Das meint Jochen auch. Er ist dann auch gleich zu ihm hin und hat ihm den Kopf zurechtgerückt. Tja, nützt ja nichts, tot ist tot. Die Fische sind hinüber.«

»Ich habe Knut zum Acker am Teich fahren sehen. Natürlich ist er wie ein Irrer gerast. Und er hatte die Feldspritze dabei. Bestimmt hat er wieder sein Teufelszeug versprüht.«

»Der Typ ist nicht zurechnungsfähig. Vermutlich ist ihm etwas von seinem Chemiezeug ins Gehirn gestiegen.«

»Da kannst du Gift drauf nehmen. Für mich ist klar, Lena, der Typ lebt einfach nicht im Einklang mit der Natur, der hat seine Wurzeln, seine Verbindung zu Mutter Erde eiskalt gekappt. Früher habe ich zwischen Jochens Teich und dem Acker regelmäßig Trollblumen, Nieswurz und Adonisröschen gesammelt. Heute wächst da nichts mehr. Alles hinüber. Mutter Erde trauert um ihre Kinder – und stirbt.«

»Ein Jammer. Besonders für Jochen. Er liebt seinen Karpfenteich.«

Freya seufzte mitfühlend.

»Jetzt müsst ihr euren Fisch wohl im Laden kaufen.«

Lena schüttelte den Kopf.

»Darum geht es gar nicht. Jochen sitzt einfach gern da und hält eine Angel in das Wasser. Er mag gar keinen Fisch. Ich übrigens auch nicht. Der Teich ist einfach der Ort, an dem er glücklich sein kann.«

Nach einer kurzen Pause fügte sie hinzu: »So war es jedenfalls gewesen, bevor Knut ...« Sie sprach nicht weiter.

Außer für den Fischteich und für Lena hatte Jochen sich nie für irgendetwas interessiert, da war sich Lena sicher. Bürgermeister war er vermutlich nur geworden, um sie zu beeindrucken. Nachdem sie geheiratet hatten, gab es eigentlich gar keinen Grund mehr, dieses Amt weiter auszuüben. Trotzdem war er Bürgermeister geblieben. Vermutlich aus Gewohnheit. Und weil niemand diese Aufgabe übernehmen wollte.

»Na, ich geh dann mal wieder.« Freya stand auf. »Ich möchte noch ein paar Heilkräuter sammeln.«

Die Freundinnen verabschiedeten sich voneinander. Lena überlegte kurz, ob sie sich ein zweites Eis vom besten Eis der Welt holen sollte, entschied sich aber dagegen und fuhr mit dem Auto nach Heuwede. Dabei überholte sie Freya, die sich zu Fuß auf den Weg gemacht hatte und am Wegesrand bereits die ersten Kräuter pflückte.

Lena winkte ihr zu und fuhr weiter. Bevor sie in das winzige Dorf gezogen war, hatte sie in Bremen gelebt und als Bankkauffrau gearbeitet. Doch ihr Traum war es immer gewesen, eine gemütliche Kneipe auf dem Lande zu betreiben. Und diesen Traum hatte sie sich erfüllt. Mit einem günstigen Kredit hatte sie das alte Gasthaus in Heuwede gekauft. Eines Tages musste sie allerdings zerknirscht feststellen, dass es gar nicht so traumhaft war, betrunkenen Männern ein Bier nach dem anderen zu servieren. Zumal der Kegelklub, der damals auch mit Jochen bloß vier Mitglieder zählte, die einzige Kundschaft war. Kurzentschlossen hatte sie die Gastwirtschaft wieder geschlossen. Zum Glück konnte sie wieder in ihrem alten Job in der Bank arbeiten.

Irgendjemand musste ja für den Unterhalt sorgen. Jochen bürgermeisterte fleißig und angelte unermüdlich, doch ansonsten ging er keiner Arbeit nach. Dazu hatte er gar keine Zeit. Und weder als ehrenamtlicher Bürgermeister noch als Angler verdiente er genügend Geld. Trotzdem war Lena relativ glücklich und zufrieden. Sie lebte mit ihrem lieben Mann und Tante Berta in der ehemaligen Schankwirtschaft, im Heuweder Krug. Tante Berta war ein fetter, grau getigerter Kater. Sein rechtes Ohr war vor Jahren in einem Kampf um eine hübsche Mieze in zwei Hälften gerissen worden. Inzwischen legte sich Tante Berta mit niemandem mehr an. Für Katzendamen interessierte er sich schon lange nicht mehr, stattdessen lag er bloß den ganzen Tag faul auf der Sofalehne und gab entsetzlich stinkende Fürze von sich.

Lena wusste genau, wie sehr Tante Berta Jochen mit dem Gepupse auf die Nerven ging. Doch leider ließ sich dagegen nichts ausrichten. Ihre beste Freundin Freya hatte dem Kater schon verschiedene Kräutertinkturen und Aufgüsse verordnet, doch nichts konnte helfen. Tante Berta pupste und pupste ohne Unterlass und verließ die Couch bloß, um einmal täglich zum Katzenklo zu schleichen. Dort verrichtete der Kater sein stinkendes Geschäft und schlurfte schwerfällig zurück zum Sofa, um konsequent weiterzupupsen. Lena und Jochen blieb keine andere Wahl, als die gute Stube rund um die Uhr, bei Wind und Wetter zu lüften. Sonst hätten sie es dort keine zwei Minuten aushalten können. Das hatte zur Folge, dass sie abends für gewöhnlich in dicken Jacken, im Winter sogar mit Schal und Wollmützen vor dem Fernseher saßen, um sich den Tatort oder irgendwelche beknackten Quizshows anzusehen. Sich von Tante Berta zu trennen, kam für Lena nicht infrage. Sie mochte den fetten Kater, liebte ihn beinahe so sehr wie ihren Gatten. Außerdem wollte außer Tante Berta niemand all den Fisch essen, den Jochen regelmäßig nach Hause brachte. Der Kater ernährte sich ausschließlich von Karpfen.

»Ich bin wieder da!«, rief Lena. Niemand antwortete. Lena ging zu Tante Berta und streichelte den Kater, was er sich schnurrend gefallen ließ.

»Na, Tantchen, bist du hungrig?« Sie ging in die Küche, holte etwas Karpfen aus dem Tiefkühlschrank und taute eine Portion in der Mikrowelle auf. Das Tier verschlang schmatzend und pupsend den Fisch und Lena machte es sich im Garten in der Hängematte gemütlich.

»Ist jemand zuhause?« Das war Freya.

»Ich bin hier!« Lena öffnete die Augen. Sie war wohl eingeschlafen. »Hinten im Garten.«

Im nächsten Moment stand die Freundin vor ihr. Lena blinzelte sie verschlafen an.

»Jochen steht am Teich neben einem Haufen toter Fische und weint.«

»Ach herrje!« Lena stand auf.

»Ich wollte ihn ja herbringen, aber er steht nur da, guckt ins Wasser und weint.«

»Ich fahre gleich hin.« Lena lief zum Auto und brauste davon.

Viertes Kapitel, in dem Knut einen Strammen Max macht

»Ich kann nichts hören.«

»Hab doch mal ein bisschen Geduld, Pfaffe, er wird schon noch ...«

»Nenn mich nicht Pfaffe.«

»Ich hör auch nichts«, sagte der Maler.

Der Kegelklub hatte sich in Knuts Badezimmer getroffen. Das war ungewöhnlich, denn es war kein Donnerstag- sondern ein Dienstagabend. Und selbst für einen Kegelklub, der ohne Kegelbahn auskam, war Knuts Badezimmer ein ungewöhnlicher Versammlungsort. Beinahe noch ungewöhnlicher war das, womit sie sich beschäftigten. Der Pastor saß auf dem Klodeckel, der Maler auf einem Hocker und Knut auf dem Badewannenrand. Alle drei starrten in die Wanne und warteten darauf, dass der Karpfen endlich etwas sagte. Doch der Fisch dachte gar nicht daran. Er schwamm einfach hin und her und schien sich nicht für die drei glotzenden Männer zu interessieren.

»Ich hab es ja gleich gewusst.«

»Ach Maler, nun warte doch mal ab, vielleicht ist er bloß müde.«

»Ich glaube eher, der ist stumm wie ein Fisch.« Der Maler lachte.

»Sag mal«, fragte der Pastor, »wie viel Bierchen hast du intus gehabt, bevor er mit dir gesprochen hat?«

»Vielleicht haltet ihr zwei jetzt einfach mal die Klappe. Ihr macht ihm Angst. Seid still und wartet ab.«

Eine Weile hockten sie schweigend im Badezimmer. Endlich erhob sich der Pastor und sagte: »Ich werd dann mal gehen. Ich muss den Gottesdienst für Sonntag vorbereiten.«

Daraufhin stand der Maler hastig auf und meinte: »Ja, ich geh auch los, ich muss ja noch ... äh ... muss noch ... tschüss, Knut, bis zum nächsten Mal.«

Knut murmelte nur: »Ja ja, tschüss«, und starrte weiter den Karpfen an, während die anderen beiden gingen.

Nachdem der Fisch ihn um Hilfe gebeten hatte, war er eilig zum Hof gefahren. Dort angekommen versuchte er, die halbvolle Regentonne auf den Hänger zu laden. Da sie ihm aber zu schwer war, musste er sie zunächst auskippen, aufladen und dann mit dem Gartenschlauch neu befüllen. Das kostete ihn viel Zeit und er befürchtete schon das Schlimmste. Für gewöhnlich machte er sich nichts aus Tieren. Und schon gar nichts aus Fischen. Doch bei diesem Karpfen war es etwas anderes. Einen *sprechenden* Fisch konnte er doch nicht einfach so verrecken lassen. Das wäre ja fast sowas wie ... Mord! Doch als er endlich wieder am Teich war, erfreute sich der Karpfen noch immer seines Lebens. So konnte Knut den Fisch in der Tonne nach Hause bringen und in die Badewanne umquartieren, wo das Tier mehr Platz hatte.

Nun saß Knut alleine auf dem Wannenrand. Der Karpfen schwamm gemächlich hin und her. Ob Knut sich die Stimme bloß eingebildet hatte? Immerhin hatte er eine mächtige Dosis Wildkraut-Ex eingeatmet. Es war gut möglich, dass er von den Dämpfen ein bisschen betüddelt gewesen war. Andererseits hatte er sich ganz normal gefühlt. In keinster Weise berauscht oder betäubt. Nein, Knut war sich sicher: Der Fisch hatte gesprochen. Allerdings fragte er sich, wieso das Vieh nun so beharrlich schwieg. Vielleicht würden ein paar Tropfen Wildkraut-Ex seine Zunge wieder lösen? Zu dumm, dass er nichts mehr davon hatte.

»Dämlicher Fisch«, grummelte Knut.

»Sölbör dämlöch.«

»Ha!«, rief Knut. »Ich hab es ja gewusst!«

»Nun schrö doch nöcht so, bön doch nöcht taub.«

»Du kannst sprechen, Fisch.«

»Das wöß öch sölbör. Was böst du für ön komöschör Körl?«

»Ich bin ganz normal. Wenn hier jemand komisch ist, dann du.«

»Mönst du? Wör böst du übörhaupt?«

»Ich bin Knut. Ich bin derjenige, der dich gerettet hat, nachdem ... ähem ... nachdem irgendjemand den Karpfenteich verseucht hat. Weißt du denn nicht mehr, wie ich dich aus der Brühe gezogen habe?«

»Du hast möch göröttöt? Dankö schön, das war söhr fröundlich von dör.«

»Gern geschehen, Fisch.«

»Nönn möch nöcht Fösch.«

Knut stutzte.

»Wieso nicht? Du bist doch einer.«

»Na und? Öch ömpföndö das als unhöflöch.«

»Wie ist denn dein Name.«

Der Karpfen sah ratlos aus. Vermutlich hätte er mit den Schultern gezuckt, wenn er denn welche gehabt hätte.

»Könö Ahnung. Wö hößt du dönn?«

»Hab ich doch schon gesagt. Ich heiße Knut.«

»So ön blödör Namö.«

Darauf antwortete Knut nicht. Stattdessen fragte er den Karpfen: »Warum hast du denn vorhin nichts gesagt, als die anderen hier waren. Jetzt denken die, ich sei verrückt.«

»Öch bön manchmal ötwas schüchtörn. Öch rödö nöcht görnö möt Landwösön.«

Und dann schwiegen sie.

Schließlich fragte der Karpfen: »Du, komöschös Landwösön?«

»Ja?«

»Wö kommö öch ögentlöch hörhör. Wo bön öch hör?«

»Dein Fischteich war völlig verseucht. Schon vergessen? Die giftige Brühe hätte dich umgebracht, da habe ich dich in meine Badewanne geholt.«

»Du hast möch göröttet? Dankö schön, das war söhr fröundlich von dör.«

»Tja«, sagte Knut und kratzte sich am Hinterkopf.

»Öch habö Hungör.«

»Kein Problem, ich mach dir 'nen Strammen Max.«

Knut schlurfte in die Küche und zog die Pfanne aus dem Schrank. Die ganze Sache mit dem Fisch kam ihm wirklich merkwürdig vor. Seit er in Heuwede lebte, und das war schon immer so gewesen, traf er immer wieder auf komische Typen. Das war nichts Neues. Der Maler, der sich für einen großen Künstler hielt und Bilder malte, die eigentlich keine waren; der Pfaffe, der jeden Sonntag in einer fast leeren Kirche eine langweilige Predigt hielt, die niemand hören wollte; die olle Gertrud mit ihrem Mann, der niemals etwas sagte und die alte, die uralte Frau Braas mit dem hässlichen, kleinen Köter. Ach ja, nicht zu vergessen: der verrückte Bürgermeister, der eigentlich nie etwas anderes tat, als am Tümpel zu sitzen und zu angeln. Bloß gestern, da hatte er keine blöde Angel in der Hand gehalten, stattdessen hat er den Knüppel geschwungen und Knut beinahe damit erschlagen. Und das bloß, weil ein paar von seinen Fischen hopsgegangen sind.

Knut haute die Eier in die Pfanne. Während die vor sich hinbrutzelten, bestrich er eine Scheibe Brot dick mit Butter und legte Schinken darauf. Anschließend schob er die gebratenen Eier aus der Pfanne auf den Schinken. Außerdem fischte er ein Gürkchen aus einem Glas und legte es dazu. Den Teller trug er ins Badezimmer. Unterwegs fiel ihm ein, dass Strammer Max möglicherweise gar nicht zur gewohnten Ernährung eines Karpfens gehörte.

»Was isst du denn eigentlich so?«, fragte Knut, nachdem er die Tür mit dem Fuß aufgestoßen hatte.

»Boah, Mönschensköndd, jötzt hast du möch abör örschröckt!«, rief der Karpfen empört.

»Tschuldigung.«

»Wör böst du übörhaupt.«

»Ich bin Knut, der der dich gerettet hat«, stellte er sich erneut vor und setzte sich auf den Klodeckel.

»Du hast möch göröttet? Dankö schön, das war söhr fröndlich von dör.«

»Tja«, sagte Knut und kratzte sich am Hinterkopf.

»Vor was hast du möch dönn göröttöt?«

»Dein Teich war verseucht, vergiftet!«

»Und wö öst dön Namö?«

»Knut.«

»So ön blödör Namö«, stellte Karpfen fest. »So ön saublödör Namö.«

Knut lachte. Er mochte den Fisch.

Fünftes Kapitel, in dem die Kräuterhexe sagt, wie es ist

Es stellte sich heraus, dass der Karpfen keinen Strammen Max mochte. Auch von Erbsensuppe oder Bratkartoffeln wollte er nichts wissen. Also besorgte Knut eine Dose mit Goldfischfutter aus einem Geschäft für Heimtierbedarf.

»Ich hab dir etwas zu essen mitgebracht!«, rief er fröhlich und ging ins Badezimmer.

»Na öndlöch, öch störbö vor Hungör.«

Knut streute die Futterflocken auf das Wasser und der Karpfen verschlang sie gierig. Anschließend stiegen ihm ein paar Luftbläschen aus dem Maul. Knut vermutete, dass es ein kleiner Fischrülpser war.

»Das war wörklöch köstlöch«, seufzte der Karpfen. »Öch dankö dör.«

»Gern geschehen.«

»Wö hößt du ögöntlöch?«

»Knut Harmsen.«

»So ön blödör Namö.«

Bald hatte Knut sich angewöhnt, jeden Morgen im Bad zu frühstücken. Auch die anderen Mahlzeiten nahm er hier ein. Der Fisch wusste offensichtlich gutes Essen und nette Gesellschaft zu schätzen. Oft saß Knut stundenlang auf dem Klodeckel, trank Kaffee und las seinem Mitbewohner die neuesten Nachrichten aus dem Weser-Kurier vor. Um die Landwirtschaft kümmerte er sich nur noch ungern. Eigentlich überhaupt nicht mehr. Irgendwie fühlte es sich nicht richtig an, die Felder zu bestellen, als sei nichts gewesen. Am liebsten saß er auf dem Klodeckel und plauderte mit seinem nassen Freund. Zum Glück hielt er kein Milch- oder Mastvieh, so waren es nur die Felder, die allmählich verkamen. Auf den Äckern ließ er das Unkraut wachsen, wie es eben wuchs. Er hatte einfach keine Lust mehr, es totzuspritzen. Er war es leid zu pflügen und neue Kartoffeln oder sonst was zu setzen. Knut verließ den Hof nur noch, um einzukaufen und um sich mit dem Kegelklub zu treffen. Dabei sah er sich ständig nach dem Bürgermeister um. Er hatte nicht vergessen, wie wild und bedrohlich der Karpfenteichbesitzer den Zaunpfahl geschwungen hatte, nachdem ihm das kleine Unglück mit dem Wildkraut-Ex passiert war.

»Wie geht es eigentlich dem Bürgermeister?«, fragte Knut eines Abends seine Kegelbrüder. »Ist er mir noch böse?«

»Er ist eher niedergeschlagen, befürchte ich. Er verlässt gar nicht mehr das Haus. Ich habe ihn vor ein paar Tagen besucht und meinen Beistand angeboten.«

»Und?«

»Nix und! Er sitzt den ganzen Tag auf dem Sofa und starrt die Wand an.« Nachdenklich fuhr der Pastor fort: »Hockt in einer dicken Jacke und mit einer Wollmütze im Wohnzimmer und rührt sich nicht.«

»Kenn ich«, warf der Maler ein. »Das ist ’ne Psychose. Hat mein Schwager auch.«

»Das hat mit einer Psychose nichts zu tun. Der ist einfach bloß traurig und friert. Bei Jochen steht immer das Fenster offen. Auch jetzt noch, wo es jeden Tag kälter wird.« Der Pastor rümpfte die Nase. »Da riecht es auch ganz komisch. Nach verwesendem Fisch oder so ähnlich.«

»Nach Fisch? Wie kann das denn sein, Pfaffe?«

»Nenn mich nicht Pfaffe.«

»Jedenfalls«, mischte sich nun der Maler wieder ein, »ist der Bürgermeister nach wie vor ziemlich neben der Spur. Du solltest dich lieber von ihm fernhalten.«

Auf dem Weg nach Hause kam Knut ins Grübeln. Wie war es möglich, dass der Bürgermeister wegen ein paar toter Fische so lange trauerte? Der Kerl war doch ein erwachsener Mann und kein Kindergartenkind. Seit dem Missgeschick am Karpfenteich waren inzwischen Wochen vergangen, da sollte er die Sache längst vergessen haben.

Knut wendete den Trecker und bretterte zurück durch das Dorf. Er wollte nachsehen, wie es am Teich aussah, ob noch etwas von dem kleinen Unglück zu erkennen war. Am Haus der ollen Kräuterhexe direkt vor Fischerhude bog er rechts in den holprigen Feldweg, folgte dem Nordarm der Wümme und bremste auf dem Acker scharf ab.

Es war ganz still. Knut stieg vom Trecker. Ein leichter, nasskalter Ostwind strich über das Feld. Auf dem Acker stand das Unkraut. So ein bisschen Wildkraut-Ex hielt eben nicht für die Ewigkeit. Nicht einmal das Dreifach-Konzentrat. Knut schlurfte über den Acker zum Karpfenteich. Auch hier war alles in schönster Ordnung. Am Ufer stand sogar ein Graureiher und lauerte Jungfischen oder Fröschen auf.

»Die Wunden, die du der Mutter Erde zugefügt hast, verheilen allmählich.«

Knut zuckte zusammen und drehte sich um. Vor ihm stand Freya, die Kräuterhexe.

»Jedenfalls oberflächlich betrachtet«, ergänzte sie.

»Mensch, hast du mich erschreckt!«

»Ist das nicht wunderschön, Knut?« Sie atmete tief ein und lächelte. »Mutter Erde verzeiht so vieles.«

»Jaja, die gute alte Mutter Erde«, murmelte Knut.

Freya ging in die Knie, zupfte eine Wildpflanze aus und hielt sie ihm hin. Am Halm hing eine späte, winzige Blüte.

»Sieh mal, die Kräuter wachsen, als sei nichts geschehen.«

»Ja ja, sehr schön«, grummelte Knut.

»Und mein Freund, der Reiher, findet auch wieder sein Futter.«

»Da wird sich der Bürgermeister aber freuen.«

Freya grinste.

»Na, vielleicht nicht gerade über den Reiher. Er nennt ihn einen Fischräuber.«

»Wie geht es ihm eigentlich?«

»Wem? Dem Reiher? Frag ihn doch einfach.«

Knut sah sie überrascht an. Die verrückte Kräuterhexe schien tatsächlich etwas Humor zu haben.

»Den Bürgermeister meine ich.«

»Dem geht es wohl eher nicht so gut, fürchte ich.«

»Menschenskind, der stellt sich aber auch an!«

Freya runzelte die Stirn.

»Tatsache ist, dass du hier ganz schön Mist gebaut hast.«

»Grmmpf hm«, grummelte Knut zerknirscht.

»Was?«

»Ich sagte, ja, das stimmt wohl. Das war mein Fehler!«, gab er nun laut und deutlich zu.

Sie beobachteten gemeinsam den Reiher, wie er da herumstand und eigentlich nichts tat. Nach einer Weile bewegte er sich doch. Er streckte seinen Hals, sah sich um und flog davon.

»Jedenfalls finde ich gut«, sagte die Kräuterhexe, »dass du kein Gift mehr auf die Felder bringst.«

»Jooh.«

»Weißt du, das ganze Leben und all das hängt untrennbar miteinander zusammen. Wenn wir die Natur vergiften, vergiften wir auch uns selbst. Wenn die Natur stirbt, sterben auch wir.«

»Meinst du?«

»Ja, und deswegen ist es gut, dass du die Umwelt nicht mehr zerstörst. All die Pflanzen und Tiere wollen doch nur leben.« Freya drehte nun richtig auf.

»Unsere Brüder und Schwestern, die sich mit uns diesen schönen Planeten teilen, brauchen unsere Liebe, nicht unser Gift. Das zarte

Blümchen, das ich dir vorhin gezeigt habe, und der Reiher, der sich so majestätisch und elegant in die Luft erhoben hat ... Sind sie nicht alle wunderschön? So wunderschön wie du und ich und wie jeder Käfer, der im Staub krabbelt, wie jeder Wurm, der den duftenden, herben Waldboden durchwühlt. Jedes Blümchen, und sei es noch so unscheinbar, ist doch ein Wunder der wunderbaren Natur. Das dürfen wir nicht zerstören!«

»Und deswegen soll ich kein Wildkraut-Ex mehr ...«

»Genau! Gift ist Mord! Du willst doch kein Mörder sein?«

Eine Stunde später saß Knut wieder auf seinem Platz auf dem Klodeckel.

»Stell dir mal vor, wen ich getroffen habe.«

»Wör böst du dönn? Könnön wör uns?«

»Ich bin Knut.«

»So ön blödör Namö.«

»Ist doch egal. Also, was glaubst du: Wen habe ich getroffen?«

»Könö Ahnung. Wön hast du götroffön?«

»Die Kräuterhexe.«

»Noch so ön blödör Namö.«

»Eigentlich heißt sie Freya.«

»Das öst auch nöcht bössör. Öhr Landwösön spönnt doch allö.«

»Früher hieß sie mal Biggi.«

»Öch sag jötzt gar nöchts möhr.«

»Oder eigentlich Birgit.«

»Öch sag nöchts.«

»Jedenfalls hat sie erzählt, dass alles irgendwie miteinander zusammenhängt. Auch wenn das Wildkraut-Ex heute nicht mehr wirkt, ist es immer noch da. Hättest du das gedacht?«

»Öch sag noch ömmör nöchts.«

»Stell dir doch mal vor, es ist nicht wirklich weg. Es ist noch da. Im Grundwasser und in der Luft und was weiß ich, wo noch alles.«

Der Karpfen sagte nichts. Der guckte nur ganz kritisch aus der Badewanne heraus.

»Jedenfalls ist das Wildkraut-Ex jetzt überall. So im Universum und so.« Knut wedelte mit der Hand in der Luft herum.

»Da fliegt es nun irgendwie rum und macht die kleinen Blumen auf dem Kartoffelacker traurig.«

Da der Fisch auch weiterhin nichts sagte, fuhr Knut fort: »Und den Reiher und den Käfer auch. Den kleinen Wurm, der durch den Waldboden kriecht, nicht zu vergessen.«

Knut wartete kurz ab, ob der Fisch nun vielleicht doch noch etwas dazu sagen wollte.

»Jedenfalls meint die Freya, dass ich besser kein Wildkraut-Ex mehr benutzen sollte.«

Der Fisch sagte nichts.

»Dann geht es den Blümchen auf dem Acker auch wieder gut und dem Reiher und dem Wurm.«

»Öch mag Würmör«, sagte der Karpfen. »Dö schmöckön gut.«

Knut wusste nicht wieso, aber eigentlich hätte er mehr Einfühlungsvermögen vom Fisch erwartet.

»Ich geh mal schlafen, gute Nacht.« Er stand auf und ging.

»Gutö Nacht, frömdös Wösön«, rief der Fisch ihm freundlich hinterher.

Sechstes Kapitel, in dem Knut beinahe zum Öko-Bauern wird, dann aber doch lieber seinem Herzen folgt

»Kennt sich einer von euch mit der ökologischen Landwirtschaft aus?«

»Wie bitte?« Der Pastor staunte. »Möchtest du deinen Betrieb umstellen?«

»Mal sehen, Pfaffe.«

»Nenn mich nicht Pfaffe.«

»Das ist Landwirtschaft ohne Gift und Dünger. So wie früher eben«, erklärte der Maler.

»Soviel weiß ich selber. Aber wie lässt sich das umsetzen?«

»Zunächst solltest du dich umfassend informieren.«

»Jooh, Pfaffe, aber wer kennt sich damit aus?«

»Schon mal was vom Internet gehört? Google weiß alles.«

»Jooh, schon ...« Knut strich sich verlegen über seine Glatze.

»Ich fass es nicht. Selbst in Heuwede bist du vermutlich der Einzige, der sich heutzutage noch immer vor dem weltweiten Netz fürchtet.« Der Pastor schüttelte ungläubig den Kopf.

»Dann besorg dir eben ein paar gute Fachbücher. Zu dem Thema gibt es sicherlich massenhaft Literatur.«

»Krieg ich die im Landhandel?«

Der Pfaffe lachte und Knut wusste nicht wieso.

»Nee, wohl kaum«, meinte der Maler. »Da musst du schon in einen richtigen Buchladen gehen. Fahr nach Fischerhude oder zu Buchstäblich nach Lilienthal.«

Am nächsten Morgen kaufte Knut ein Buch über ökologische Landwirtschaft. Auf dem Titelbild konnte man ein paar Karotten und Maiskolben auf Salatblättern herumliegen sehen. Dekoriert waren sie mit Löwenzahnblüten und Gänseblümchen. Sehr hübsch anzuschauen. Nachdem Knut die ersten drei Seiten gelesen hatte, stöhnte er: »Das ist ja anstrengender als richtige Arbeit.«

Er legte das Buch auf die Küchenbank. Kurz überlegte er, ob er ins Bad gehen und sich eine Weile mit dem Fisch unterhalten sollte. Doch er zog lieber seine Jacke an und ging nach draußen. Er musste in Ruhe nachdenken. Da konnte er keinen Fisch gebrauchen, der ihm dauernd reinquatschte und dem er ständig erklären musste, wer er war. Knut ließ den Trecker stehen und ging mit festen Schritten durch das Dorf. Unterwegs kam ihm der Maler auf dem Fahrrad entgegen.

»Hallo Knut«, grüßte er freundlich und hielt an. »Na, biste heute zu Fuß unterwegs? Trecker kaputt?«

»Moin.« Mehr sagte Knut nicht. Ohne seinen Kegelbruder weiter zu beachten, ohne nach rechts oder nach links zu schauen, ging er weiter bis zur Hauptstraße. Er sah sich nicht einmal nach dem verrückten Bürgermeister um. Am Haus der Kräuterhexe bog er rechts in den holprigen Feldweg ab, lief ein Stück am Nordarm der Wümme entlang und erreichte schließlich den Kartoffelacker. Der Graureiher stand am Ufer des Teiches und suchte nach Leckereien. Knut sah ihm nachdenklich beim Rumstehen zu.

»Unser gefiederter Bruder ist froh, dass der Teich sich erholt hat.«

»Jooh«, sagte Knut und wunderte sich gar nicht darüber, dass die Kräuterhexe plötzlich neben ihm auftauchte.

»So kann er hoffen, einen feinen Bissen zu erwischen.«

Darauf antwortete Knut nichts. Nach einer Weile sagte er: »Ich denke darüber nach, auf ökologische Landwirtschaft umzusteigen.«

»Das ist ja mal wirklich eine gute Idee. Das hätte ich dir gar nicht zugetraut. Hast du deine Lehre aus dem Unglück gezogen?«

»Erstmal ist es nur so eine Idee. Ich bin mir da noch nicht sicher.«

»Was gibt es da noch lange zu überlegen? Mutter Erde leidet, wenn du ihre lieben Kinder vergiftest. Grüble nicht länger nach, höre auf dein Herz und alles wird gut werden!«

»Jooh«, sagte Knut, »mal sehen.«

Der Reiher rührte sich nicht.

»Weißt du, Knut«, sprach die Kräuterhexe, »es ist nicht nur eine Frage des Umweltschutzes. Es ist auch, und vielleicht sogar in erster Linie, eine mystische Frage.«

Knut nickte, obwohl er keine Ahnung hatte, wovon sie sprach.

»Natürlich wird die Menschheit rein materielle Probleme bekommen, wenn sie ihre eigene Lebensgrundlage auf unserem Planeten vernichtet, doch auch die Seelen werden Schaden daran nehmen.«

Knut sagte nichts.

»Das kannst du mir ruhig glauben. Keine Seele kann so viel Schuld auf sich laden, ohne über kurz oder lang daran zu zerbrechen.«

Der Graureiher sah zu den beiden rüber und Knut hatte den Eindruck, er würde spöttisch grinsen.

»Es ist nämlich so, mein Freund, der Planet, das Universum, in dem wir leben, hält so viele mystische Geheimnisse, so viele magische und unglaubliche Wahrheiten und Zusammenhänge bereit ... da kann man verrückt bei werden.«

»Jooh, das glaube ich dir.«

»Zum Beispiel mein Bruder, der Reiher, der dort Nahrung sucht. Er spricht mit mir.«

»Nee, echt jetzt?«

»Absolut, ich höre seine Worte so klar wie deine. Und weißt du, was er mir zuruft?«

»Das weiß ich nicht, aber ich glaube, ich möchte dir jemanden vorstellen.«

»Soll ich dir verraten, was er mir zuruft? Tag für Tag, Stunde für Stunde?«

»Nee, lass mal.« Knut drehte sich um und stapfte durch das Unkraut davon. Nach ein paar Schritten blieb er stehen und rief ihr über die Schulter zu: »Kommst du morgen zu mir auf den Hof? So gegen drei?«

Freya zuckte mit den Schultern und nickte zögernd.

Zuhause suchte Knut sofort den Karpfen auf.

»Öch habö Hungör.«

Knut nahm das Goldfischfutter aus der Anrichte vor dem Spiegel und ließ ein paar Flocken auf die Wasseroberfläche rieseln. Nachdem der Fisch sie vertilgt hatte, ließ er wieder ein paar Luftbläschen aufsteigen.

»Das hat gut göschmöckt, abör öch könntö auch mal wödör ötwas fröschös vörtragön. Önön schönön Wurm odör so.«

»Ich werde nicht in der Erde rumwühlen, um dir Würmer zu suchen.«

»Wör böst du dönn? Wö hößt du.«

»Knut«, antwortete Knut und setzte sich auf den Klodeckel.

»So ön blödör Namö. Wörklöch saublöd.«

Das zwischen den beiden üblich gewordene Gespräch spulte sich ab. Knut erinnerte den Fisch daran, dass sein Fischteich vergiftet gewesen war und er, Knut, ihn gerettet und in seine Badewanne gebracht hatte. Anschließend holte Knut einen großen Becher Kaffee und das Buch über ökologische Landwirtschaft aus der Küche und hoffte, dass der Fisch in der Zwischenzeit nicht wieder seinen Namen und all das andere vergaß. Doch leider musste sich er sich erneut vorstellen und gefallen lassen, dass der Fisch seinen Namen saublöd fand.

»Was habön söch döne Öltörn dabö bloß gödacht?« Knut überging diese sinnlose Frage und erzählte diesmal ungefragt von der Rettung aus dem verseuchten Teich und dem Asyl in der Badewanne.

»Öch dankö dör! Du böst mön Röttör!«

Nun konnte die eigentliche Unterhaltung beginnen.

»Ich denke darüber nach, auf ökologische Landwirtschaft umzustellen.«

»Ökologöschö Landwörtschaft? Was öst das dönn?«

»Dieser Begriff beschreibt den Prozess der Herstellung von Nahrungsmitteln und anderen landwirtschaftlichen Erzeugnissen auf der Grundlage bestimmter Produktionsmethoden. Dabei wird auf die Verwendung von Herbiziden sowie Pestiziden und anderer chemischer Zusätze wie zum Beispiel künstliches Düngemittel ...«, las Knut aus der Einleitung des Buches vor.

»Blablabla, öch vörstöhö kön Wort.«

»Du hast gefragt, was ökologische Landwirtschaft ist.«

»Mör ögal. Klöngt völ zu anströngönd.«

»Jooh.«

»Öch würdö ös ja löbör ruhög angöhön lassön. Bloß könön Ströß.«

»Ich befürchte auch, das wird aufwendiger, als ich dachte!«

»Dann lass ös doch.«

»Wie? Ausgerechnet du rätst mir, so weiterzumachen wie bisher? Mit Gift und so?«

»Nö, Göft öst doof.«

»Aber so funktioniert nun einmal die konventionelle Landwirtschaft.«

»Vörflöxt, öst das komplözört.«

»Jooh.«

Nach einer kurzen Denkpause schlug der Karpfen vor: »Dann lass ös doch ganz, döse komlözörtö Sachö, döse Landwörtschaft. Mach doch önfach was andörös.«

Knut lächelte. Der Fisch hatte Recht. Das war genau das, was Knut eigentlich wollte. Einfach den Laden hinschmeißen. Nicht mehr ackern, nicht mehr pflügen und nichts mehr mit Kartoffeln und Wildkraut-Ex zu tun haben. Am liebsten wollte er nur hier auf dem Klodeckel sitzen und mit dem Fisch plaudern, ab und zu zum Kegelklub gehen und hin und wieder ein Nachmittagsschläfchen auf dem Sofa im Wohnzimmer halten. Aber konnte er das wirklich tun?

»Wo bön öch hör? Und wör böst du? Wö hößt du, Frömdör?«

»Meine Name ist Knut Harmsen. Und ich habe eine Entscheidung getroffen«, sprach er feierlich und stand auf. »Und was ich dir noch sagen wollte: Wir bekommen morgen Besuch. Zum Nachmittagskaffee.« Knut verließ das Bad, bevor der Fisch etwas dazu sagen konnte.

Siebtes Kapitel, in dem Freya Knut und den Fisch besucht

Knut hatte aufgeräumt und überall sauber gemacht. Es war vielleicht ein bisschen viel Aufwand, doch er war es nicht gewohnt, Damenbesuch zu empfangen. Da wollte er nichts falsch machen. Er hatte im Wohnzimmer gesaugt, das Bad geschrubbt und den Flur durchgewischt. Sogar die Fenster hatte er geputzt. Anschließend fuhr er mit dem Trecker nach Quelkhorn, um im Café Lindenlaub ein paar Stücke Kuchen zu kaufen. Als er wieder zuhause, die Kuchenplatte in der rechten Hand balancierend, vom Trecker stieg, fiel ihm eine fette, graugetigerte Katze auf. Sie hockte auf dem Sims vor dem Badezimmerfenster und sah zu ihm rüber.

»Hallo Mieze«, rief er ihr gut gelaunt zu. »Für dich habe ich leider keinen Kuchen dabei.«

Er freute sich auf den Besuch von Freya. Irgendwie war es blöd, dass ihm niemand aus dem Kegelklub die Sache mit dem sprechenden Fisch glaubte. Er hätte es auch nicht getan, wenn er ihn nicht selbst gehört hätte. Wäre schön, wenn wenigstens Freya ihm diese ungeheuerliche Geschichte abnehmen würde. Verrückt genug war sie ja.

Als Knut sich dem Haus näherte, sprang die fette Katze vom Fenstersims und schlenderte gemächlich davon. Bevor sie im Brennnesselgestrüpp neben der Scheune verschwand, drehte sie sich zu Knut um und musterte ihn von oben bis unten. Da fiel ihm auf, dass das rechte Katzenohr in der Mitte gespalten war. Das Tier drehte sie sich um und verschwand.

»Tschüss, dicke Katze, mach es gut«, rief er ihr nach und ging in die Küche um Kaffee aufzusetzen.

Freya war sich nicht sicher, ob es eine gute Idee gewesen war, Knuts Einladung anzunehmen. Doch nun stand sie schon vor seiner Tür und fand es zu spät, jetzt noch umzukehren. Zögernd klopfte sie. Sofort wurde geöffnet. So schnell, als habe Knut direkt hinter der Tür auf sie gelauert.

»Moin Freya, schön, dass du da bist.«

Sie folgte ihm ins Haus.

»Ich habe hier gedeckt«, sagte er und führte sie ins Badezimmer. »Du kannst auf meinem Platz sitzen.« Mit einer Geste bot Knut ihr den Klodeckel an.

»Äh«, stammelte Freya, »sehr freundlich. Ähm, hübsch hast du es hier.« Sie setzte sich. Knut ließ sich auf dem Badewannenrand nieder.

Quer über dem Waschbecken lag ein Brett. Auf diesem provisorischen Tisch standen eine altmodische Kaffeekanne mit Blumenmuster, zwei passende Tassen und eine kleine Kuchenplatte.

»Möchtest du eine Tasse Kaffee?« Er hielt die Kanne hoch.

Freya nickte.

»Milch? Zucker?«

Freya schüttelte den Kopf.

Knut goss eine Tasse voll, reichte sie ihr und fragte: »Kuchen?«

Er schob ein Stück auf einen Teller. »Hab ich extra von Lindenlaub geholt. Soll gut sein.«

»Im Café Lindenlaub gibt es das beste Eis der Welt«, murmelte Freya und nahm den Teller entgegen.

»Eis hab ich jetzt nicht.«

»Das macht nichts, der Kuchen sieht super aus.«

Die beiden kauten schweigend. Nachdem Freya den letzten Bissen heruntergespült hatte, fragte sie: »Warum sitzen wir im Bad?«

Knut wies mit einem Kopfnicken auf die Badewanne. Erst jetzt bemerkte Freya, dass dort ein großer Fisch schwamm.

»Du hast einen Karpfen in der Wanne?«

»Jooh.«

»Wieso?«

»Vielleicht möchtest du es ihr erklären?«, fragte Knut.

»Wie bitte?«

»Ich meinte den Fisch.«

»Du sprichst mit ihm?«

»Jooh, wieso nicht?«

»Ja, wieso eigentlich nicht?«

Freya überlegte einen kurzen Moment lang. »Weißt du, Knut, vielleicht habe ich dich unterschätzt, vielleicht hast du mehr Sinn für die Stimmen der unterdrückten Kreaturen ...«

»Freya, dieser Fisch hat gesprochen! Ganz ohne Hokuspokus.«

»Ich glaube dir.«

»Er redet zwar meistens dummes Zeug, aber er redet. Wirklich!«

»Ich glaube dir.«

»Du glaubst mir? – Echt? Ich hatte schon befürchtet ...«

»Natürlich kannst du kein wie von Menschen gesprochenes Wort erwarten. Die Kommunikation wird auf einer anderen, einer mystisch-geistigen Ebene ...«

»Nee, Freya, so ist es nicht. Er kann sprechen. Wirklich und wahrhaftig. Nix mit mystisch-geistig oder so. Erst hatte ich befürchtet, selbst ein bisschen zu viel Wildkraut-Ex abbekommen zu haben. Bevor mir die kleine Panne am Fischteich passierte, ist mir von dem Zeug kurz ganz tüddelig geworden. Aber jetzt bin ich wieder klar bei Verstand.«

Knut wurde bei diesen Worten etwas lauter und leidenschaftlicher.

»Der Fisch kann reden. Er hat sogar einen Sprachfehler!« Nun wandte er sich direkt an den Karpfen: »Nun sag doch auch mal was dazu! Irgendwas, meinetwegen etwas mit ganz vielen Öhs.«

Der Fisch öffnete den Mund und sagte – nichts. Stattdessen ließ er gänzlich ungerührt ein paar Luftbläschen aufsteigen.

»Tja, ich werde mal gehen.« Freya stand auf. »Danke, dass du mir den Fisch gezeigt hast.«

In der Badezimmertür drehte sie kurz um.

»Übrigens, Knut, ganz egal, ob er spricht oder nicht, Tatsache ist, dass die Badewanne zu klein ist. Das arme Tier kann sich ja kaum bewegen.«

Nachdem Freya fort war, schnauzte Knut: »Du hättest ruhig mal was sagen können. Blöder Fisch!«

»Sölbör blöd! Von wögön Sprachföhlör. Öch spröchö ganz normal.«

»Warum hast du dann nichts gesagt?«

»Öch bön öbön schüchtörn.«

»Schüchtern? Papperlapapp!«

»Dö Frau hat gösagt, öch brauchö möhr Platz.«

Knut sah nachdenklich den Fisch an. Freya hatte Recht. Er konnte sich ja kaum noch umdrehen. Der Karpfen war ganz schön gewachsen, seit er bei Knut in der Wanne wohnte.

»Wör böst du übörhaupt? Und wo bön öch hör?«

»Ach, halt doch die Klappe!«

Knut verließ das Bad und knallte die Tür hinter sich zu. Doch seine schlechte Laune hielt nicht lange an. Am nächsten Morgen saß er wieder auf dem Klodeckel, frühstückte und las dem Badewannenbewohner aus dem Weser-Kurier vor. Nachdem er aus dem Sportteil die unerfreulichen Ergebnisse vom letzten Werder-Spiel und aus dem Hauptteil das abendliche Fernsehprogramm vorgetragen hatte, kam er zu der Rubrik ›Was ist los in Bremen?‹.

»Das ist ja allerhand!«, rief er.

»Was öst dönn?«

»Am Wochenende gibt es eine Sport- und Freizeitmesse. In der ÖVB-Arena.«

»Ö-Vau-Bö-Aröna? Was öst das dönn?«

»Das ist die Stadthalle in Bremen. Direkt am Bahnhof.«

»Und da öst önö Döngs, önö Mössö?«

»Jooh«, antwortete Knut geistesabwesend und las den Artikel. Schließlich ließ er die Zeitung sinken.

»Da werden auch Schwimmbecken präsentiert. In verschiedenen Größen und Formen. Für jeden Geldbeutel. Da werden wir bestimmt eine passende Bleibe für dich finden.«

»Och nöö, öch blöbö löbör hör.«

»Papperlapapp, die Wanne ist eindeutig zu klein für dich. Am Wochenende gehen wir auf die Messe und suchen ein schönes großes Becken für dich aus.«

Am Samstag fuhr Knut allerdings ohne den Karpfen los. Er hätte ihn gern mitgenommen. Immerhin ging es um sein zukünftiges Zuhause und der Fisch sollte sich das Becken am besten selbst aussuchen. Leider fehlte ein geeignetes Transportmittel. Knut wollte für diesen Ausflug nicht extra die Wanne aus der Wand reißen. Und auch die Regentonne, mit der er den Fisch aus dem Fischteich nach Hause gebracht hatte, war absolut ungeeignet. Inzwischen war der Karpfen so gewachsen, dass er nur noch in aufrechter Position, sozusagen stehend in die Tonne gepasst hätte. Das war für einen Fisch eine unnatürliche und vermutlich unbequeme Stellung.

»Bleib du mal besser doch hier. Ich werde dir schon was Schönes aussuchen.«

»Wör böst du dönn? Könnön wör uns?«, fragte der Fisch noch, doch Knut hatte sich schon auf den Weg nach Bremen gemacht.

Achtes Kapitel, in dem eine (fast) echte Prinzessin ins Spiel kommt

Christiane war das zweite Kind der Fleischerfachverkäuferin Annegret und dem Schlachtermeister Konrad Klose aus Delmenhorst. Der ältere Bruder hieß Sebastian und fühlte sich schon in jungen Jahren dazu berufen, sich vegetarisch zu ernähren. Sehr zum Leidwesen des Vaters, für den das Metzgerhandwerk nicht bloß Beruf, sondern eine wahre Berufung war. Der Schlachtermeister liebte Schnitzel, Schinken und Hackepeter, liebte Blut-, Press-, Leber- und Mettwurst. Er liebte es, kreischendes Vieh in wunderbare Leckereien zu verwandeln. Konrad Klose verstand seine Arbeit nicht als bloßes Handwerk, sondern als eine hohe und edle Kunst. Die Metzgerei im Delmenhorster Zentrum war sein Atelier, der Laden seine Galerie. Schlachtermeister Konrad Klose hatte immer geplant, dass Sebastian eines Tages in seine Fußstapfen treten sollte. Wozu hätte er sich sonst einen Sohn anschaffen sollen? Er war erschüttert, als der Bengel nichts Vernünftiges mehr essen wollte. Bloß noch Gemüse und Tofu und solche Sachen. Außerdem klopfte er nun dauernd Sprüche wie: »Fleisch ist Mord!«

»Wie willst du mit einer solchen Einstellung später die Metzgerei übernehmen?«, motzte Konrad ihn an.

»Niemals!«, rief Sebastian aufgebracht. »Niemals werde ich leidende Kreaturen ermorden! Niemals werde ich ein so grausames Handwerk erlernen!«

Weinend lief er in sein Zimmer und knallte die Tür hinter sich zu.

»Aber Papa«, tröstete Christiane den Schlachtermeister, »das macht doch nichts. Wenn ich mal groß bin, werde ich gerne Metzgerin.«

»Meine Kleine«, säuselte er und strich ihr freundlich über den Kopf. »Ich denke, du wirst Prinzessin. Da kannst du unmöglich in der Fleischerei mit anpacken.« Streng stellte er klar: »Der Basti übernimmt den Betrieb. Basta!«

Christiane, die spätere Florentine von Bentheim, konnte nicht einsehen, wieso das nicht gehen sollte. Sie hatte durchaus vor, beides zu werden: Metzgerin *und* Prinzessin.

Ihr Bruder entwickelte den Ehrgeiz, möglichst viele Leute von einer vegetarischen Lebensweise zu überzeugen. Er verteilte jeden Morgen vor und im Laden der Eltern Flugblätter.

»Du vertreibst uns die Kundschaft!«, schimpfte der Vater. Doch Sebastian wollte nicht von seiner Mission ablassen. Schließlich musste der Schlachtermeister einsehen, dass es keine vorübergehende pubertäre Phase war.

»Ich habe keinen Sohn mehr«, verkündete er theatralisch und jagte ihn aus dem Haus. Er verbot ihm heimzukommen, bevor er Vernunft angenommen habe und ein anständiges Stück Fleisch zu schätzen wisse. Sebastian kam nie wieder zurück nach Delmenhorst.

Da der Sohn ja nun verloren war, wurde Christiane als Lehrling in der Metzgerei aufgenommen – und als Lieblingskind im Herzen des Vaters. Die Gesellenprüfung bestand sie mit Auszeichnung und kurz darauf hielt sie auch schon den Meisterbrief in der Hand. Konrad war sicher, sie war der richtige Mann für dieses edle Handwerk.

Einige Jahre arbeitete Christiane zufrieden und fleißig in der Schlachterei und dann kam *er* endlich auf einem weißen Pferd angeritten: *ihr Prinz*. Christiane verliebte sich augenblicklich in Florian von Bentheim. Natürlich musste sie ehrlicherweise zugeben, dass er kein *wirklicher* Prinz war. Aber er war immerhin ein echter Graf und das war ja beinahe das Gleiche. Auch kam er nicht auf einem Schimmel angeritten sondern auf einem Motorrad. Auf einer PS-starken Motocross-Maschine. Doch auch darauf kam es nicht an, fand Christiane.

Wichtig war bloß, dass Florian ein unheimlich toller Typ war. Und weil er fast sowas wie ein Prinz war, konnte sie schließlich doch noch Metzgerin und gleichzeitig Prinzessin werden.

Das Paar hätte glücklich und zufrieden bis an sein Ende im schönen Delmenhorst leben können, wenn Konrad Klose nicht so gewesen wäre, wie er nun einmal war.

»Lass doch die jungen Leute in Ruhe«, bat seine Frau Annegret. »Der Florian ist ein netter Bursche und die Christiane ist glücklich mit ihm.«

»Das bildet die sich bloß ein. Der Kerl bringt nichts! So einen können wir nicht gebrauchen.« Konrad holte tief Luft und zeterte: »Vielleicht könnte ich einen Bäcker dulden, wenn das Kind schon keinen anständigen Schlachter will, aber dieser Bursche da, verdient sein Geld mit *Motorradakrobatik*! Das muss man sich mal vorstellen, er rast mit dem Motorrad über Rampen, fliegt durch die Luft und schlägt alberne Purzelbäume! Wozu soll das gut sein? Womöglich frisst er auch noch heimlich Tofuwurst!«

Christiane konnte diese schlechte Stimmung auf Dauer nicht ertragen. Eines Tages brannte sie mit ihrem Prinzen, der ja eigentlich ein Graf war, durch. Sie kam nie wieder zurück nach Delmenhorst.

Der Prinz brachte ihr ein paar waghalsige Motorradtricks bei und sie tingelten quer durch Europa und schließlich rund um die Welt. Auf den Plakaten ließen sie sich als Florian und Florentine von Bentheim ankündigen. Sie traten in den Metropolen der Welt auf, in Rom, Paris und New York. Ihre Vorstellungen waren immer restlos ausverkauft. Ein besonderer Höhepunkt dieser Shows war der »doppelte Todesritt durch das Höllenfeuer«. Dabei bretterten die beiden in einem irrsinnigen Tempo über zwei Rampen und flogen dann durch die Luft aufeinander zu. Auf ihren schweren Maschinen schlugen sie jeweils einen doppelten Salto, schossen haarscharf aneinander vorbei und wirbelten durch zwei brennende Reifen. Bei dieser Nummer drehte das Publikum regelmäßig vor Begeisterung durch.

Es war eine glückliche, eine wunderschöne Zeit. Jahrelang sauste das verliebte Paar durch diese wilde, aber heile Welt. Doch eines Tages endete diese Romanze tragisch. Ausgerechnet an Florentines 42. Geburtstag ging der »doppelte Todesritt durch das Höllenfeuer« schief. Florian driftete ab, seine Motocross-Maschine ging zu Boden und der gräfliche Prinz wickelte sich um den Mast, auf dem das Höllenfeuer loderte. Dabei brach er sich beinahe sämtliche Knochen und seine Lunge wurde zerquetscht.

Die Trauerfeier war sehr berührend.

Von einem Tag auf den anderen stand Florentine ohne Einkünfte da, denn natürlich fehlte ihr seit Florians Missgeschick die notwendige Begeisterung für die Motorradakrobatik. Sie wollte sich nie wieder auf eine Maschine setzen. Kurz zog sie in Erwägung, eine Anstellung als Metzgerin zu suchen, doch eigentlich, fand sie, war dies doch eine gute Gelegenheit mal etwas völlig Neues auszuprobieren. So fragte sie bei Herrn Schnitter an, ob er sie nicht einstellen wolle. Herr Schnitter war der Bestattungsunternehmer, der für ihren Prinzen eine so schöne und ergreifende Trauerfeier organisiert hatte.

»Wissen Sie, werte Frau von Bentheim«, druckste der freundliche Mann mit den Apfelbäckchen verlegen herum, »die Geschäfte laufen nicht besonders gut. Die Leute hierzulande werden kaum noch krank und immer älter.«

»Wie schade.«

»Ich könnte Sie bestenfalls aushilfsweise als Leichenwäscherin einstellen. Leider kann ich nicht viel zahlen.«

»Ich nehme den Job.«

Florentine war wie geschaffen für die Bestattungs-Branche. Es machte ihr Freude, die Verstorbenen herzurichten und ihnen Würde zu verleihen. Im Umgang mit den Hinterbliebenen war sie einfühlsam und warmherzig, in der Gestaltung der Trauerveranstaltungen war sie praktisch veranlagt und hatte für jedes Problemchen eine gute und schnelle Lösung parat. Ihre langjährigen Erfahrungen im Showbusiness kamen ihr dabei zugute, denn sie hatte damals die gemeinsamen Aufführungen geplant und organisiert.

Nach wenigen Jahren war Florentine eine gleichberechtigte Partnerin und eine gute Freundin von Herrn Schnitter. Als der sich schließlich in den Ruhestand verabschiedete, übernahm sie die Firma, denn Herr Schnitter hatte keine Kinder. Leider konnte der alte Herr mit den Apfelbäckchen nicht mehr erleben, wie der kleine Betrieb unter Florentines Leitung in wenigen Jahren zu einem mächtigen Beerdigungskonzern anwuchs.

Unter dem Namen »Schnitter von Bentheims Bestattungsagentur« ging das Unternehmen schließlich an die Börse und Florentine ebenfalls in den Ruhestand. Zwar war sie erst 54 Jahre alt, doch die Bestattungsgeschäfte fingen an sie zu langweilen. Finanziell hatte sie ausgesorgt. Florentine kaufte sich ein hübsches Häuschen im Grünen und wollte sich zukünftig die Zeit damit vertreiben, Rosen zu züchten und Mohrrüben im Garten anzubauen. Als ihr diese Tätigkeit zu reizlos und eintönig wurde, kam sie auf die Idee, ein Schwimmbecken für den Garten anzuschaffen. Sie bestellte bei Pool-Power-2000 ein schönes Becken und beauftragte die Firma auch gleich mit dem Aufbau. Bereits wenige Tage später sollten die Montagearbeiten beginnen. Leider erhielt sie kurz darauf den Anruf, dass sich der Aufbau aus technischen Gründen um zwei Wochen verschieben würde. Nach diesen zwei Wochen wurde Material angeliefert und Florentine erhielt die Zusage, dass schon in drei, spätestens in vier Wochen der Aufbau beginnen sollte. Und schließlich meldete sich die Firma gar nicht mehr.

Schlecht gelaunt inspizierte sie das gelieferte Material.

»So schwierig kann das doch nicht sein«, dachte sie und machte sich an die Arbeit. Tatsächlich konnte sie das Becken beinahe problemlos aufbauen. Sie sagte den Monteuren ab, bezahlte die erhaltene Ware und bestellte Material für 17 weitere Schwimmbecken. Dank ihrer Einkünfte aus Schnitter von Bentheims Bestattungsagentur verfügte sie über genügend Kapital, um eine neue kleine Firma zu gründen. Und der Laden lief nicht schlecht. Bald musste sie Leute einstellen, da sie all die Arbeit nicht allein bewältigen konnte.

Natürlich hätte Florentine ein paar von ihren Angestellten zur Sport- und Freizeitmesse nach Bremen schicken können. Sie betreute aber ganz gern den Infostand selbst. So kam sie unter die Leute. Nun saß sie auf der Messe und dachte darüber nach, ob sie vielleicht erneut in den Ruhestand gehen sollte. Immerhin war sie inzwischen 67 Jahre alt. Allmählich wurde ihr das Schwimmbeckengeschäft zu langweilig. Und anstrengend war es auch. Außerdem brauchte sie in ihrem Alter nun wirklich nicht mehr zu arbeiten. Ihr Erspartes würde locker bis an ihr Lebensende reichen. Doch was sollte sie tun, wenn sie nichts mehr tat? Wie sollte das gehen: *Ruhestand*? Sie hatte es schon einmal versucht und war kläglich gescheitert. Vielleicht würde es gehen, wenn sie nicht allein wäre.

»Moin«, sagte jemand, doch Florentine hörte ihn nicht.

Vielleicht sollte sie wieder mit der Motorradsache anfangen. Sofort tauchte ein Plakat vor ihrem inneren Auge auf: »Die Oma auf dem Motorrad! – Verrückter und wilder als je zuvor! – Todesritt durch das Höhlenfeuer! Jetzt mit dreifachem Salto!« Das waren doch schöne Zeiten gewesen, damals, als sie und der Prinz Florian ...

»Ich hätte gern ein Schwimmbecken gekauft. Für meinen Fisch.«

»Was?«

»Hab aber nicht viel Geld? Was kostet denn das da?« Der freundliche Mann mit Halbglatze zeigte auf das Ausstellungsstück.

Als Florentine ihm den Preis nannte, stammelte er herum. Ob er nicht stattdessen seinen Trecker zum Tausch anbieten könnte, denn das mit der Landwirtschaft laufe zurzeit nicht besonders gut, oder ob es nicht sonst noch eine Möglichkeit gebe.

Und da hatte Florentine eine Idee.

Neuntes Kapitel, in dem der Fisch ein neues Zuhause bekommt – und der Kegelklub auch

Da es wieder Donnerstag war, traf Knut den Kegelklub am Kriegerdenkmal.

»Stellt euch mal vor, bei mir ist eine Prinzessin eingezogen.«

»Das ist ja allerhand«, meinte der Maler und grinste, »erst ein sprechender Fisch und nun eine Prinzessin.«

»Jooh, sie wohnt auf dem Sofa im Wohnzimmer.«

Der Pastor runzelte die Stirn und sah Knut nachdenklich an.

»Geht es dir gut?«

»Bestens, Pfaffe, mir geht's prima.«

»Nenn mich nicht Pfaffe.«

»Und was macht die so, deine Prinzessin? Reitet sie auf einem Einhorn auf dem Hof herum?«

»Nee, die baut das Becken auf. Für den Karpfen. Dem ist die Badewanne zu klein geworden.«

»Hat er das gesagt? Der Fisch?«

»Jooh, aber erst nachdem die olle Kräuterhexe ihn darauf gebracht hat.«

»Und da hast du dir eine Prinzessin geholt, damit sie dir einen Swimmingpool baut?«

»Jooh.«

»Klingt logisch.«

Als Knut nach Hause kam, traf er wieder die dicke Katze, die seit einiger Zeit um den Hof schlich. Sie huschte davon. Knut sah ihr nach und dachte bei sich: »Das Vieh ist ja gar nicht mehr so fett. Hat richtig abgenommen.« Leise öffnete er die Hintertür. Seit Florentine im Wohnzimmer auf seinem Sofa wohnte, durfte er abends bloß noch auf Socken durch das Haus schleichen. Die feine Dame ging immer zeitig schlafen und stand morgens früh auf. Behutsam glitt er durch den Flur zum Badezimmer. Dabei achtete er sorgfältig darauf, keine der knarrenden Dielen zu betreten. Die Badezimmertür ließ sich lautlos öffnen. Die hatte er geölt, um die Prinzessin nicht zu wecken, wenn er noch nach 19 Uhr zum Karpfen wollte.

»Moin, Fisch«, flüsterte Knut und setzte sich vorsichtig auf den Klodeckel.

»Wör böst du dönn? Und warum schlöchst du döch so an?«

»Psst, die Prinzessin schläft.«

»Oh, das wusstö öch nöcht«, hauchte der Fisch.

»Wir müssen leise sein, so eine alte Dame braucht ihren Schlaf.«

»Abör wör böst du? Wö öst dön Namö?«

»Knut, ich heiße Knut.« Es gelang ihm, leise zu rufen.

»So ön blödör Namö. Wörklöch, ön saublödör Namö.«

»Ich weiß, Fisch, ich weiß.«

Es klopfte an der Badezimmertür.

»Knut? Bist du da?«, fragte Florentine von draußen.

»Jooh.«

»Darf ich reinkommen?«

»Jooh.«

Die alte Prinzessin trat ein. Sie trug ein altmodisches Nachthemd mit Blumenmuster und flauschige Pantoffeln. Knut bot ihr den Klodeckel an und setzte sich auf den Badewannenrand.

»Guten Abend, mein Lieber. Mit wem sprichst du? Wieder mit dem Karpfen?«

»Jooh.«

»Hallo Fisch.« Sie nickte dem Badewannenbewohner freundlich zu.

»Ich habe dich reden gehört«, wandte sie sich an Knut. »Und da ich noch wach bin, wollte ich dir sagen, dass das Becken fertig ist. Morgen früh können wir es füllen.«

»Das ist gut.«

»Ja, nicht wahr?« Sie fragte den Fisch: »Das findest du doch auch, oder?«

Doch der antwortete nicht.

»Vielleicht sollten wir auch ein paar Pflanzen einsetzen. Dann wird es doch gleich viel gemütlicher für das Tier.« Sie stand auf. »Ich lege mich wieder hin, es ist schon spät«, sagte sie und verließ das Bad.

Knut blieb nachdenklich auf dem Badewannenrand sitzen. Er fand es schön, dass die Prinzessin nun bei ihm wohnte. Sie war die Einzige, die sich nicht einen Moment lang gewundert hatte, als Knut ihr erzählte, dass in seiner Badewanne ein sprechender Fisch lebte. Auch als der Karpfen sich weigerte, mit ihr zu reden, sagte sie nichts dazu und begnügte sich mit Knuts Erklärung, das Tier sei eben etwas schüchtern Fremden gegenüber. Die Prinzessin hatte sich bereiterklärt, das Becken für den Karpfen kostenlos aufzustellen. Als Gegenleistung wollte sie bei ihm einziehen und sich nach getaner Arbeit auf dem Sofa in der guten Stube zur Ruhe setzen. Da hatte Knut nichts gegen. Er hielt sich nun ja sowieso meistens im Badezimmer auf.

»Wör böst du, Frömdör?«

»Gute Nacht, ich geh auch schlafen.« Nun verließ auch Knut das Bad.

»Na sowas, komöschö Landwösön.«

Am nächsten Morgen befüllten Florentine und Knut das Becken mit dem Gartenschlauch.

»Das wird wohl ein paar Stunden dauern.«

»Jooh.«

»Macht aber nichts, wir haben ja Zeit, nicht wahr?«

Während das Wasser plätscherte, plapperte die Prinzessin: »Wir sollten wirklich ein paar Pflanzen besorgen. Der Fisch wird uns noch verrückt, wenn er immer nur auf diese blauen Beckenwände schaut, meinst du nicht auch, Knuti? Ich hoffe bloß, so ein paar Teichrosen sind nicht allzu teuer. Habe nämlich keinen Penny mehr, habe mein komplettes Vermögen dem Tierschutzverein gespendet. Ich dachte, das ist eine gute Sache, wo ich doch jetzt mietfrei bei dir wohnen darf. Da fällt mir ein, wollen wir ein kleines Fest feiern? Ein Einweihungsfest für das Fischbecken? Vielleicht kommen ja deine Freunde vom Bowlingverein. Das wäre doch schön, nicht wahr? Und die könnten dem Karpfen ja ein paar Wasserpflanzen schenken. Man bringt doch eine Kleinigkeit mit, wenn man zu einer Einweihungsfeier eingeladen wird. Das wäre doch ganz wunderbar. Da würde ich auch mal deine Freunde kennenlernen.«

»Kegelklub.«

»Wie bitte?«

»Das ist ein Kegelklub. Kein Bowlingverein.«

»Ach so, ihr kegelt?«

»Nee, eigentlich nicht.«

»Ihr kegelt nicht und spielt auch nicht Bowling?«

»Nee.«

»Dann spielt es doch keine Rolle, ob ich Kegelklub oder Bowlingverein sage. Oder eben Tischtennisverein.«

»Wieso Tischtennisverein?«

»Spielt ihr denn Tischtennis?«

»Nee.«

»Na also.«

Knut sah sie verwirrt an.

»Ich möchte unbedingt deine Freunde vom Tischtennisverein kennenlernen.«

Zum nächsten Donnerstag wurde der Kegelklub also zur Einweihungsfeier in Knuts Scheune eingeladen. Und Freya lud Knut auch ein. Und die fragte ihn, ob sie Lena, die Frau des Bürgermeisters, mitbringen durfte.

»Jooh, das tu, meinetwegen auch den Bürgermeister.«

»Keine schlechte Idee. Vielleicht heitert ihn das auf.«

»Aber sieh zu, dass er seinen Zaunpfahl zu Hause lässt.«

Freya versprach es lachend.

Es wurde eine schöne kleine Feier. Der Bürgermeister war zwar zu Hause geblieben, aber der Kegelklub kam und die Kräuterhexe. Und Bürgermeisters Frau auch. Der Pastor hatte einen Kasten Bier mitgebracht und der Maler einen hervorragenden Kartoffelsalat. Prinzessin Florentine grillte vor dem Scheunentor Würstchen und Nackensteaks und freute sich, dass alle sie für das schöne Becken lobten. Das hatte sie in der Scheune aufgebaut.

»Sagen Sie mal, Frau von Bentheim«, fragte der Pastor, »wieso haben Sie denn eigentlich das Becken in der Scheune aufgebaut? Das könnte doch ebenso gut draußen stehen.«

»Aber Herr Pastor, nennen Sie mich doch Florentine.«

»Gerne, ich bin der Paul.«

»Noch ein Würstchen, Paul?«

»Gerne, Florentine.« Pastor Paul hielt ihr seinen Teller hin. »Also? Warum steht das Becken in der Scheune. Nun müssen der Trecker und der ganze andere Kram, der hier untergebracht war, draußen vor sich hinrosten.«

Florentine reichte ihm eine Bratwurst.

»Knut wollte das so. Und immerhin ist er der Auftraggeber, nicht wahr? Er sagte noch so was wie: ›Ich will nicht, dass der Fisch nass wird, wenn es regnet.‹ Oder sowas in der Art.«

Da trat Knut zu ihnen und sagte nachdrücklich: »Der Fisch ist mein Freund und Freunden bietet man ein Dach über dem Kopf an. Freunde lässt man nicht im Garten wohnen!«

»So ist es, Knuti«, gab ihm Florentine Recht. »Möchtest du noch ein Würstchen?«

Sehr viel später, als es schon dunkel war und die Partygäste gegangen waren, stand Knut noch eine Weile am Beckenrand und sah dem Karpfen dabei zu, wie er gemächlich und in aller Ruhe seine Kreise zog.

»Und mein fischiger Freund, wie hat dir das Fest gefallen?«

»Was dönn für ön Föst? Wovon rödöst du und wör böst du?«

»Ich bin Knut und ich weiß, dass das ein blöder Name ist.«

»Da hast du Röcht, das öst wörklöch ön saublödör Namö.«

»Wie gefällt dir das Becken?«

»Gut, ös öst gömütlöch hör.«

»Jetzt kannst du dich richtig bewegen.«

»Klar, wöso auch nöcht?«

Von nun an ging Knut jeden Morgen in die Scheune statt ins Badezimmer, um dem Fisch aus dem Weser-Kurier vorzulesen.

Als Knut am nächsten Donnerstag wie gewohnt zum Kriegerdenkmal fahren wollte, kam ihm der Kegelklub schon in der Hofeinfahrt entgegen. Knut hielt den Trecker an und sagte: »Moin.«

Die beiden Kegelbrüder erwiderten den Gruß.

»Hör mal, Knut«, sagte der Pastor, »es regnet und wir haben uns gefragt, ob wir uns nicht lieber in deiner Scheune treffen sollten?«

»Dann muss der Fisch auch nicht allein zuhause bleiben.«

»Jooh, der weiß nette Gesellschaft zu schätzen.«

Und von nun an traf sich der Kegelklub jeden Donnerstag in der Scheune. Und der Fisch wurde zum Ehrenmitglied.

Zehntes Kapitel, in dem der Kegelklub immer größer wird und der Bürgermeister endlich wieder lächelt

Nachdem der Kegelklub den Treffpunkt in Knuts Scheune verlegt hatte, dauerte es nicht lange, bis die Kräuterhexe und die Frau des Bürgermeisters ebenfalls dazukamen. Knut schlug dem Maler und dem Pfaffen vor, die Damen als Kegelklubmitglieder aufzunehmen. Da nichts dagegen sprach, waren sie einverstanden. Bloß die Prinzessin ließ sich nicht mehr in der Scheune blicken.

»Ich muss mich auf meinen Ruhestand konzentrieren, ich bleibe hier«, sagte sie und weigerte sich, das Wohnzimmer zu verlassen. Sie saß auf dem Sofa und schaute sich bescheuerte Serien im Fernsehen an. Dabei balancierte auf ihren Knien einen Laptop. Mit dem Ruhestand hatte sie nicht bloß amerikanische Comedy-Serien für sich entdeckt, die sie sich gern auch in der x-ten Wiederholung ansah, sondern auch Facebook, Instagram und Twitter. Und Fastfood. Ständig klingelte der Pizzadienst an der Tür und brachte Nachschub. Florentine wurde allmählich fett und faul. Wenn Knut sie sah, musste er unwillkürlich an die graugetigerte Katze denken, die seit einiger Zeit in der Gegend herumschlich. Und er hatte Mitleid mit dem trägen Fleischberg der gestrauchelten Prinzessin.

»Möchtest du nicht mit nach draußen kommen?«, fragte Knut und log: »Der Karpfen hat schon gefragt, wo du bleibst.«

»Nix da«, keuchte sie, »ich bleibe hier!«

Der Kegelklub, dem neuerdings mit Lena und Freya fünf Mitglieder angehörten, sechs, wenn man den Fisch mitzählte, traf sich nun in der Scheune. Zunächst bloß an Donnerstagen, doch nach und nach hatten sie sich daran gewöhnt, beinahe jeden Abend in geselliger Runde beisammen zu sitzen. Eines Tages fragte der Pastor, ob die anderen etwas dagegen hätten, wenn er die alte Frau Braas aus seiner kleinen Kirchengemeinde mit in die Scheune bringen würde. Er hatte den Eindruck, dass sie etwas einsam war und niemanden hatte, mit dem sie reden konnte, denn ihr hässliches Hündchen mit der Schleife auf dem Kopf sprach nicht mit ihr.

»Kein Problem, Pfaffe, bring sie ruhig mit, die alte Dame.«

»Nenn mich nicht Pfaffe.«

Nachdem Frau Braas und ihr hässliches Hündchen in den Kegelklub aufgenommen waren, gesellte sich auch ihre Nachbarin, die Gertrud, zu ihnen. Die brachte wiederum ihren Gatten mit, der wie das Hündchen niemals etwas sagte. Nach und nach kamen auch die übrigen Dorfbewohner dazu. Schließlich versammelte sich allabendlich die gesamte Dorfgemeinschaft in der Scheune, um zu plaudern und dem sprechenden Fisch dabei zuzusehen, wie er schweigsam und in aller Ruhe seine Runden im Becken drehte.

»Allmählich wird es eng hier«, meinte Knut. Das Becken war immerhin sechs mal sechs Meter groß und die Scheune eher klein.

»Noch passen alle rein«, antwortete der Maler fröhlich. »Solange nicht die Leute aus Fischerhude und Quelkhorn dazukommen, mag es wohl gehen.«

Eines Tages, Knut hatte es gar nicht mehr für möglich gehalten, stand Florentine vom Sofa auf. Beinahe ein ganzes Jahr hatte sie auf dem Sitzmöbel gewohnt und es nur verlassen, um ein Minimum an Körperpflege zu betreiben und gelegentlich die Toilette aufzusuchen. Nun beendete sie diese merkwürdige Lebensphase und gesellte sich zum Kegelklub. Sie wurde herzlich aufgenommen.

»Auf Dauer war es doch langweilig in der guten Stube«, sagte Florentine, »in geselliger Runde ist es viel netter, nicht wahr?«

»Jooh.«

»Vielleicht bin ich einfach nicht für den Ruhestand geeignet.«

»Den kannst du mit uns und dem Fisch verbringen, dann klappt das schon.«

»Jooh«, sagte die Prinzessin und lachte.

»Sag mal«, Knut wandte sich an Lena. »Was macht eigentlich der Bürgermeister? Willst du den nicht mal mitbringen?«

»Ach Knut, dem geht es immer noch nicht besser.« Lena war ihm schon lange nicht mehr böse. »Er sitzt Tag für Tag nur im Wohnzimmer herum, trägt seine Wollmütze und Winterjacke und starrt ins Leere. Er hat zwar die Glotze laufen, aber ich glaube, da guckt er gar nicht mehr hin.«

»Wieso trägt er denn eine Jacke beim Fernsehen?«, fragte Florentine neugierig.

»Das liegt an Tante Berta. Das ist unser Kater. Der hat furchtbare Blähungen. Obwohl ...« Lena überlegte kurz. »Wenn ich es mir richtig überlege, pupst er gar nicht mehr so viel. Eigentlich sogar gar nicht mehr. Deswegen stehen die Fenster nicht mehr offen. Und Tante Berta geht jetzt auch öfter nach draußen. Stimmt schon, eigentlich bräuchte Jochen gar keine Jacke mehr im Haus.«

»Ach«, mischte sich nun die Kräuterhexe ein. »Dann haben meine Tinkturen doch noch geholfen. Das freut mich.«

»Ehrlich gesagt, Freya, glaube ich, es liegt daran, dass ich Tante Bertas Ernährung umstellen musste. Der Kater bekommt keinen Fisch mehr, sondern nur noch Markenkatzenfutter. Ich glaube, er hat eine Omega-drei-Allergie oder sowas ähnliches. Karpfen scheint er nicht zu vertragen. Dabei mochte er ihn so gern. Ihr glaubt gar nicht, wie sehr Tante Berta Karpfen liebt. Er ist wirklich verrückt danach.«

»Dein Kater ist mir egal. Ich wollte wissen, wie es dem Bürgermeister geht«, sagte Knut.

»Tja, wie gesagt.«

Damit war Knut nicht zufrieden. Er hatte immer noch ein schlechtes Gewissen dem Bürgermeister gegenüber. Immerhin war der erst seit dem kleinen Unglück mit dem Wildkraut-Ex so komisch.

»Ich werde hinfahren. Vielleicht kommt er mit hier her.«

»Das kannst du gern ausprobieren. Vielleicht hört er ja auf dich.«

Die Bürgermeisterfrau riet ihm, gar nicht erst an der Tür zu klingeln, da ihr Gatte sowieso niemals öffnete. Knut könne ruhig durch die Hintertür ins Haus gehen.

Das tat er dann auch.

Der Bürgermeister saß im Wohnzimmer vor dem Fernseher und hatte, wie von Lena beschrieben, eine dicke Winterjacke an. Auf dem Kopf trug er eine Wollmütze und auf der Stirn standen ihm Schweißtropfen. Über den Bildschirm flimmerte Werbung für Damenbinden.

»Moin.« Knut setzte sich in den Sessel. »Wie geht es dir?«

Der Bürgermeister reagierte nicht.

»Was läuft in der Glotze?«

Keine Reaktion.

»Puh, ganz schön heiß hier in der Bude.«

...

»Draußen sieht man dich ja gar nicht mehr.«

...

»Gehst du noch manchmal zum Teich?«

Knut glaubte, ein kurzes Zucken im bürgermeisterlichen Augenwinkel beobachtet zu haben.

»Jedenfalls kannst du nicht für immer hier hocken bleiben.«

Möglicherweise hatte er sich das Augenzucken aber auch bloß eingebildet.

»In meiner Scheune wohnt jetzt ein Fisch.«

Der Bürgermeister schaute zu Knut. Das war eindeutig eine Reaktion.

»Ein Karpfen.«

War da ein leichtes Zittern an der Unterlippe des Bürgermeisters zu sehen?

»Vielleicht möchtest du ihn mal besuchen?«

Eine Träne rollte dem Bürgermeister die Wange herunter.

»Du wirst ihn mögen. Meistens redet er dummes Zeug. Ich glaube, ihr würdet euch gut verstehen.«

Der Bürgermeister nahm seine Mütze vom Kopf, wischte sich die Schweißtropfen von der Stirn und die Träne aus dem Gesicht. Er stand auf, schnäuzte kräftig in die speckige Kopfbedeckung, ließ sie fallen und ging nach draußen. Knut folgte ihm. Draußen stieg der Bürgermeister wortlos auf den Trecker. Knut stieg ebenfalls auf, startete den Motor und sie fuhren zur Scheune. Als sie dort ankamen, waren die anderen Gäste bereits verschwunden. Knut machte Licht an und holte zwei Gartenstühle. Gemeinsam schauten sie zu, wie der Karpfen schweigsam seine Runden drehte. Ganz ruhig und friedlich. Zum ersten Mal seit langer Zeit lächelte der Bürgermeister wieder.

»Auch ein Bier?«

Beinahe unmerklich schüttelte er den Kopf.

»Na denn.« Knut holte sich eine Flasche und setzte sich wieder neben seinen stillen Gast.

Am frühen Morgen brachte Knut den schweigsamen, aber lächelnden Bürgermeister nach Hause. Der besuchte von nun an jeden Tag den Karpfen in der Scheune.

Elftes Kapitel, in dem der Fisch sich einen Scherz erlaubt

Da der Bürgermeister nun jeden Abend bis spät in die Nacht in der Scheune am Beckenrand saß, blieb Knut nur noch die Zeit am Morgen, um sich in Ruhe mit dem Fisch zu unterhalten. Sie frühstückten dann gemeinsam. Natürlich ging das nicht ohne die übliche Einleitung.

»Wör böst du? Wo bön öch hör?«

»Meine Name ist Knut und du wohnst in meiner Scheune,«

»So ön blödör Namö. Wörklöch ön saublödör Namö.«

»Ja, ich weiß.«

»Und wö kommö öch hör?«

»Der Teich, in dem du vorher gelebt hast, war chemisch verseucht. Da habe ich dich hier untergebracht.«

»Du hast möch göröttöt. Öch dankö dör.«

Nachdem das geklärt war, las Knut seinem nassen Freund gewöhnlicherweise aus dem Weser-Kurier vor und trank dabei eine Kanne Kaffee. Durch das gemeinsame Lesen der Zeitung war der Karpfen recht gut informiert über das, was in der Welt der Landwesen vor sich ging. Jedenfalls für einen kurzen Moment, denn das meiste vergaß er sofort wieder. Knut hatte ihm schon mehrmals erklärt, was es mit den Fußballspielen auf sich hatte, wie wichtig es war, dass der richtige Verein, Werder Bremen, gewinnen musste. Trotzdem fragte der Fisch manchmal Sachen wie: »Und warum spölön nöcht önfach allö zusammön statt gögönönandör? Warum machön dör HSV und Wödör Brömön nöcht önfach önö gömönsamö Mannschaft?«

»Warum sollten sie das tun?«

»Das wärö nöcht so strössög, völ gömütlöchör.«

»Aber es geht beim Sport um den Wettkampf, um das Kräftemessen! Nicht um Gemütlichkeit.«

»Öhr Landwösön söd wörklöch mörkwürdög.«

Gegen Mittag kamen dann schon die ersten Gäste und der Fisch weigerte sich, noch irgendetwas zu sagen. Spätestens am Nachmittag war die Bude dann rappelvoll. Inzwischen gesellten sich auch Gäste aus Fischerhude und Quelkhorn dazu. Es wurde ziemlich eng in der Scheune, und alle wollten den Wunderfisch sehen. Manche mussten draußen warten, bis sie hinein konnten. Natürlich glaubte außer Knut niemand wirklich daran, dass der Karpfen tatsächlich sprechen konnte, doch auch die unglaublichste Geschichte wird ja bekanntlich irgendwann zur Wahrheit, wenn sie nur oft genug wiederholt wird.

Freya war an einem sonnigen Vormittag unterwegs, um Kräuter zu sammeln. Zufällig kam sie an Knuts Hof und dachte sich, sie könnte mit ihm in aller Ruhe eine schöne Tasse Kaffee trinken. Zielstrebig ging sie am Hauptgebäude vorbei direkt zur Scheune, denn es war ja klar, wo Knut zu finden war. Fast hatte sie das Tor schon erreicht, da wäre sie beinahe über eine Katze gestolpert. Genauer gesagt: über einen Kater. Tante Berta schien sich irgendwie ertappt zu fühlen und ergriff die Flucht. Freya staunte. War das wirklich Lenas Kater? Wo war der fette, faule Fleischklops geblieben, der sich nur bewegte, um ans Fressen oder zum Katzenklo zu kommen? Erstaunlich, wie sich so ein Tier verändern konnte. Lena glaubte tatsächlich, es läge daran, dass der Kater keinen Karpfen mehr bekam, doch Freya war sicher, es lag an den Kräutertinkturen, die sie dem Tier verabreicht hatte. Sie schaute dem Kater nach und ging zum Scheunentor. Richtig lebhaft und lebendig war das Tier geworden. Warum kam Tante Berta wohl den weiten Weg bis hierher auf Knuts Hof?

Das Scheunentor war nur angelehnt. Freya hörte Knut reden.

»Nein, sie können *nicht* einfach abwechselnd Tore schießen! Dann wäre das Spiel sinnlos!«

Freya kam lautlos in die Scheune.

»So ön blödös Spöl, wörklöch ön saublödös Spöl.«

Freya klappte fassungslos den Mund auf und wieder zu und japste nach Luft.

»War das der ...? War das der ...?«, stammelte sie fassungslos. Der Fisch sah sie mit großen Fischaugen an, drehte sich rasch um und schwamm eilig auf die andere Seite des Beckens.

»Er kann sprechen!«, keuchte Freya und ließ sich auf einen der Gartenstühle fallen.

»Jooh.«

»Er kann tatsächlich sprechen«, wiederholte sie schwer atmend.

»Sag ich doch die ganze Zeit.«

»Ja, ich weiß, aber ich dachte, du hättest einfach bloß einen Knall.« Sie massierte sich die Stirn. »Oder bin ich vielleicht selber verrückt?«

»Jooh, aber daran liegt es nicht.«

Der Karpfen drehte wortlos aber aufgeregt seine Runden im Becken. Knut überlegte, ob er wohl rot werden würde, wenn er es könnte. Immerhin war er doch so schüchtern und beim Reden überrascht worden. Andererseits war die Kräuterhexe schon lange keine Fremde mehr für den Fisch. Sie kam ja jeden Abend zu Besuch.

»Ich muss dringend an die frische Luft.« Leicht schwankend stand sie auf, ging nach draußen und lehnte sich an den Trecker. Konzentriert atmete sie tief und möglichst meditativ ein und aus.

Am Hauptgebäude wurde ein Fenster geöffnet. Florentine stand in dem geblümten Nachthemd da und fragte besorgt: »Ist alles in Ordnung mit dir? Geht es dir gut?«

»Alles bestens«, stöhnte Freya leise und winkte ab. Sie rief der alten Dame zu: »Mir geht es gut. Danke.«

Nach einer Weile konnte sie wieder normal atmen. Sie kehrte zurück in die Scheune, wo Knut am Beckenrand stand und dem Fisch beim Herumschwimmen zusah.

»Ich glaube, er hat sich wieder beruhigt«, meinte Knut und ließ den Karpfen nicht aus den Augen.

»Da bin ich aber froh.«

»Du hast ihn ganz schön erschreckt.«

»Tatsächlich?«

»Jooh.«

»Tut mir leid.«

Der Fisch drehte schweigend seine Runden. Freya und Knut standen am Beckenrand und sahen dabei zu. Allmählich gewöhnte Freya sich an den Gedanken, dass Knut die ganze Zeit Recht gehabt hatte und der Karpfen tatsächlich sprechen konnte.

»Vielleicht ist es gar nicht so verrückt, so ungewöhnlich, wie es auf den ersten Blick erscheint«, sagte Freya.

»Hä? Also, wenn ein sprechender Fisch nicht ungewöhnlich sein soll …«

»Überleg doch mal, Knut, so eine Vergiftung, eine äußerst schwere Vergiftung durch Wildkraut-Ex, kann ein Wesen von Grund auf verändern. Das Tier hat mit dem Tode gerungen – und überlebt. Sowas geht an niemandem spurlos vorüber, das bringt tiefe, seelische Veränderungen mit sich. An jeder Krise wachsen wir, aus jeder Krise kommen wir etwas weiser und stärker hervor. Warum sollte es da einem Karpfen anders ergehen als einem Menschen?«

»Küss möch, öch bön ön vörwunschönör Prönz.«

»Was?«

»Öch sagtö, du sollst möch küssön. Öch bin ön vörwunschönör Prönz.«

Freya wandte sich an Knut.

»Ist ja toll, dass er tatsächlich sprechen kann, aber warum redet er so einen Blödsinn?«

»Keine Ahnung.« Er fragte den Karpfen: »Warum redest du so einen Blödsinn?«

»Das solltö ön Schörz sön.«

»Sehr witzig«, sagte Freya, obwohl sie es gar nicht witzig fand.

»Ja, nöcht wahr? Wör Föschö habön nämlich durchaus Humor.«

»Das ist mir noch gar nicht aufgefallen«, sagte Knut.

»Wö solltöst du auch Humor vörstöhön? Du hast ja könön.«

Am Nachmittag ging Freya den Gästen ein wenig auf die Nerven.

»Er kann sprechen, wahrhaftig, ich habe es mit meinen eigenen Ohren gehört. Knut Harmsen ist gar nicht verrückt. Der Fisch kann sprechen, das sage ich euch.«

»Sinnbildlich hast du sicherlich Recht«, meinte Pastor Paul. »In gewisser Weise spricht er ja zu uns allen. Sonst würden all die Leute nicht kommen.«

»Quatsch! Der spricht ganz richtig. Ganz ohne Hokuspokus.«

»Klar!«, warf der Maler lachend ein. »Knuts Trecker spricht auch. Sinnbildlich gesehen.« Er verdrehte die Augen und brummte mit tiefer Stimme: »Wasch mich, bitte, bitte wasch mich!«

Zwölftes Kapitel, in dem ein schlecht gelaunter Urlauber seine Frau vergisst und nach Heuwede kommt

Frank Brocken saß in seinem Büro am Schreibtisch und ahnte nichts von den Ereignissen im fernen Heuwede. Im Gebüsch vor dem Fenster machten irgendwelche komischen Vögel einen höllischen Radau. Sie piepsten und tschilpten und gaben einfach keine Ruhe. Drecksviecher! Überhaupt konnte Frank nicht begreifen, wieso die Leute so vom Frühling schwärmten. Er schiss auf den Frühling. So wie die gefiederten Biester auf sein frischgewaschenes Auto. Er schiss auf die ersten wärmenden Sonnenstrahlen und auf den blauen Himmel sowieso. Bald würden an jeder Ecke Rasenmäher oder andere Höllenmaschinen fürchterlichen Radau verbreiten. Ganz zu schweigen von den Mistgören in Nachbars Garten. Auch in diesem Jahr werden sie stundenlang im Plantschbecken herumtoben und dabei kreischen, als würde sie jemand abstechen wollen. Mistfrühling! Dreckssommer! Herbst und Winter waren natürlich kein bisschen besser. Diese elende Kälte und das trübe Wetter. Da konnte einem schon die gute Laune vergehen. Missmutig lauschte er dem Gezwitscher. Sollte der Versicherungsmakler sich etwa von den bescheuerten Vögeln vorschreiben lassen, wann er das Fenster zu schließen hatte? Es blieb ihm wohl keine andere Wahl. Zornig stand er auf und brüllte nach draußen: »Ihr Drecksviecher! Irgendwann streue ich Gift aus!«

Frank schlug das Fenster zu und ließ die Jalousie runter. Nun konnten ihn weder die doofen Vögel noch das Sonnenlicht bei der Arbeit stören. Schwerfällig ließ er sich auf den Schreibtischstuhl fallen und startete am Computer eine neue Patience. Natürlich fand er es beknackt, am Rechner zu spielen. Viel weniger blöd wäre es, richtige Karten zu benutzen. Wozu sind bloß Computerspiele erfunden worden? Das war wirklich eine bescheuerte Idee. Als gäbe es keine dringlicheren Probleme in dieser verkorksten Welt. Er schob die virtuelle Karo-Sieben auf den richtigen Stapel. Dadurch wurde endlich der Kreuz-König aufgedeckt. »Hab ich dich, du Mistkäfer.«

In Wirklichkeit waren echte Spielkarten natürlich keine Option. Jeden Moment konnte *Seine-Majestät-Oberdirektor* Kaiser eintreten. Sascha Kaiser war ein Schnösel mit einer lächerlichen Föhnfrisur. Der Bursche war noch grün hinter den Ohren. Doch leider war dieser Bubi sein Chef. Und Frank verspürte nicht die geringste Lust, sich von so einem Emporkömmling und Streber beim Kartenspiel ertappen und anmeckern zu lassen. Da spielte er doch lieber am Computer. Ein einziger Klick reichte aus, um die langweilige Schadensstatistik aufzurufen, mit der er sich eigentlich beschäftigen sollte.

Das Telefon schrillte. Ein schrecklicher Signalton.

»Universalversicherungsbüro, Frank Brocken am Apparat! Was darf ich für Sie tun?«, schnauzte er in den Apparat.

Seine Frau Bärbel meldete sich am anderen Ende der Leitung. Sie fragte ihn, ob er so freundlich sein könnte, auf dem Heimweg etwas Brot vom Bäcker mitzubringen.

Das fehlte ihm gerade noch! Sollte er nach einem mühsamen Arbeitstag auch noch die Einkäufe erledigen? Widerwillig sagte er zu. Was hätte er sonst tun können? Frank beendete das Gespräch und schaute wieder auf den Bildschirm.

Schadensstatistik! Er hasste diesen öden Scheiß. Aber allzu lange würde er sich nicht mehr damit befassen müssen. Nur noch bis Freitag. Dann würde er mit dem Wohnmobil nach Dänemark fahren. Drei Wochen, in denen er sich ausschließlich damit beschäftigen wollte, am Strand von Römö herumzulaufen. Und nach dem Urlaub musste er nur noch zwei Monate im Büro absitzen, dann ging er endlich in den wohlverdienten Ruhestand. Für immer! Dann war Schluss mit Statistik, mit lächerlichen Wasserschäden, albernen Kratzern an irgendwelchen Autotüren und all diesem Blödsinn. Und den hochnäsigen Milchbubi würde er auch nicht vermissen.

Schade, dass er die blöde Bärbel mit nach Dänemark nehmen musste. Und es war auch schade, dass er sie nicht einfach nach dem Urlaub dort lassen konnte, wenn er sie schon dabeihaben musste.

Am späten Freitagnachmittag verließ Frank mit seinem Wohnmobil bei Oyten die A1. Bärbel, die leider neben ihm saß, hatte ihn überredet, einen Abstecher nach Worpswede zu machen. Eigentlich war das ein bedeutungsloses Moordorf gewesen. Bis sich im Jahre achtzehnhundert-was-weiß-ich ein paar dämliche Künstlertypen dorthin verlaufen hatten. Von da an war es eine wichtige Künstlerkolonie.

»Da müssen wir unbedingt hin«, hatte Bärbel gequengelt. »Worpswede soll ja so schön sein.«

Frank hatte sich widerwillig dazu bereiterklärt. Vorher hätte seine Frau sowieso keine Ruhe gegeben.

»Verflixt, jetzt haben wir die Tankstelle verpasst.«

»Müssen wir tanken? Dann kehr doch um. Da vorne kannst du wenden.«

Natürlich fuhr er weiter. Diese Entscheidung musste sie schon ihm überlassen. Direkt vor Fischerhude ging ihnen der letzte Tropfen Benzin aus. Frank ließ das Wohnmobil auf einen Parkplatz rollen. Er stritt nun eine Weile mit Bärbel darüber, wer die Schuld an dem Unglück hatte, dann darüber, wessen blöde Idee es gewesen war, die Autobahn zu verlassen und wer für ihre missglückte und verkorkste Beziehung und für all das Elend der Welt verantwortlich war.

Frank nahm den Ersatzkanister.

»Dein Gemecker hilft uns nicht weiter«, motzte er. »Ich hole Benzin.«

Er folgte der Straße.

»Willst du nicht lieber zurück zur Tankstelle, an der wir vorhin vorbeigefahren sind?«, rief Bärbel ihm hinterher. »Wer weiß, wann wieder eine kommt.«

Ohne zu antworten oder sich umzudrehen, marschierte er weiter. Sollte sie doch selber gehen, wenn sie alles besser wusste.

Bei dem sonnigen Wetter waren eine Menge Spaziergänger unterwegs. Hatten die Leute denn nichts Wichtigeres zu tun? Latschten hier rum und quatschten und lachten. Das ging Frank mächtig auf die Nerven. Gab es in diesem bescheuerten Kaff denn keine Tankstelle? Von irgendwoher tönte Musik. Das war doch nun wirklich eine Frechheit! Nichtmal am Freitagnachmittag konnten die Leute Ruhe geben. Er folgte der Musik und den Leuten, die scheinbar alle in die gleiche Richtung strömten.

Ein Kinderkarussell war im Ort aufgebaut. Und ein paar Würstchenbuden und Verkaufsstände. Quer über die Straße war ein Banner gespannt, auf dem zu lesen stand: »Fischerhuder Frühlingsfest«. Frank lehnte sich an einen Tresen, an dem Getränke ausgeschenkt wurden.

»Bierchen?«

»Ja, wieso nicht? Und einen Kurzen.«

Während er sein Bier und den Schnaps trank, sah er sich das Getümmel an.

»Sag mal«, fragte er einen dünnen Typen, der neben ihm stand, »was wollen all die Leute hier? Was feiern die?«

»Steht doch da.« Der Typ zeigte auf das Banner.

»Ah, ein Frühlingsfest. Sowas feiert man also hier.« Frank leerte sein Glas. »Kommst du aus dem Ort?«

»Nee, seh ich aus wie ein Fischerhuder?«

»Herr Ober, mein Freund und ich hätten gerne noch ein Bier und einen Kurzen.«

»Für mich nicht. Danke.«

»Also, woher kommst du? Und was möchtest du trinken? Ich geb einen aus.«

»Na denn. Für mich eine Zitronenlimo. Ich komme aus Heuwede.«

Frank gab die Bestellung auf.

»Soso, aus Heuwede kommst du. Das klingt ja furchtbar. Und was macht man da so?«

»Ich bin Maler.«

»So ein Künstlertyp oder arbeitest du richtig? Wände anstreichen und so?«

Der Typ sagte nichts, trank seine Limonade in einem Zug aus und ging.

Frank bestellte sich noch einen Korn und noch ein Bier, trank diese zügig leer und fühlte die benebelnde Wirkung im Hirn. Er sprach den Nächsten an der Theke an.

»Und du? Kommst du von hier?«

Als der die Frage bejahte, jubelte Frank: »Hurra, ein Einheimischer! Herr Ober, geben Sie meinem Freund ein Bier und einen Kurzen. Und mir auch.«

Auf diese Weise gab Frank in ein paar Stunden all sein Geld aus. Eine Kreditkarte hatte er nicht dabei, also war es gar nicht mehr notwendig, die Suche nach einer Tankstelle fortzusetzen. Glücklicherweise hatte er einige neue Bekanntschaften geschlossen, die ihm ein paar Biere und Schnäpse spendierten. So konnte er es noch recht lange in Fischerhude aushalten.

Später konnte Frank sich nicht mehr erinnern, das Fest verlassen zu haben, doch plötzlich wankte er durch Dunkelheit und Nieselregen. Die kühle Nachtluft blies ihm den Kopf ein bisschen frei, allerdings funktionierte das Gehirn trotzdem nicht richtig. Dazu hatte er ein paar Schnäpschen zu viel gekippt. Seine Gedanken waren stumpf und etwas weich.

»Wie ein alter Käse mit Gummifüllung«, dachte er und kicherte albern. Der kurze Anflug von Heiterkeit legte sich allerdings gleich wieder. Zu dunkel war die Nacht, zu kalt und zu nass. Er sehnte sich nach einem Dach über dem Kopf, nach einer Heizung an seiner Seite und nach einem Bett.

Frank kam in ein Dorf, in dem keine Menschenseele anzutreffen war. Plötzlich fühlte er sich fürchterlich einsam. Nun hätte er gern jemanden zum Reden gehabt, doch er torkelte klein und verloren durch das große Universum. Wert- und bedeutungslos. Und das einzige Gasthaus in diesem Kaff hatte natürlich geschlossen. Missmutig schwankte er weiter und tat sich selber fürchterlich leid. Endlich fand er eine Scheune unverschlossen vor.

»Gott sei Dank«, stöhnte er, »ein trockenes Plätzchen, an dem ich mich ausruhen kann.«

Etwas unsicher auf den Beinen wankte er durch das Scheunentor und ließ sich auf einen Gartenstuhl fallen. Aus irgendeinem Grund hatte Frank das angenehme Gefühl, nicht länger allein zu sein. Kurz wunderte er sich darüber, dann er schlief ein.

Dreizehntes Kapitel, in dem wirtschaftliche und philosophisch-religiöse Aspekte an Bedeutung gewinnen

Da Knut keine Landwirtschaft mehr betrieb, war er aus finanziellen Gründen dazu gezwungen, am Fisch zu verdienen. Zunächst wollte er einfach die Gäste am Scheunentor abkassieren, doch die Prinzessin riet davon ab.

»Wenn die Leute den Karpfen nur noch gegen Eintritt besuchen können, kommen sie einmal und bleiben dann weg. Und mit ihnen das Geld. Ich glaube, du machst bessere Geschäfte, wenn nur noch Kegelklubmitglieder in die Scheune dürfen. Natürlich müssen Mitgliedsbeiträge erhoben werden. Die sollten aber so preisgünstig sein, dass niemand auf die Idee kommt, nach einem oder zwei Fischbesuchen wieder auszutreten. Die neuen Klubmitglieder müssen das Gefühl haben, dass sich die Mitgliedschaft auch lohnt, wenn sie nicht mehr so oft kommen. So gewinnst du eine dauerhafte Einnahmequelle und die Leute können kommen, so oft sie wollen.«

Knut war beeindruckt von der wirtschaftlichen Raffinesse der Prinzessin.

»Jooh, so machen wir das.«

Der Vorstand, zu dem ab sofort alle bisherigen Klubmitglieder gehörten, war natürlich von der Beitragspflicht befreit. Ebenso der Karpfen, der ja als Fisch gar nicht über finanzielle Mittel verfügte und außerdem Ehrenmitglied war. Knut schlug vor, auch die alte Frau Braas, Gertrud und ihren schweigenden Gatten sowie generell alle Heuweder Bürger kostenfrei im Kegelklub aufzunehmen. Doch die Prinzessin war dagegen.

»Wenn du Geld verdienen möchtest, und das wirst du wohl müssen, solltest du die Scheune nicht mit wirtschaftlichem Ballast, sondern hauptsächlich mit zahlenden Gästen füllen.«

Das konnte Knut einsehen, wollte es jedoch zuvor mit dem Karpfen absprechen. Irgendwie hatte er das Gefühl, der Fisch sollte darüber informiert sein, wenn mit ihm Geld verdient wurde. Und da er ihm heute sowieso noch nicht aus der Zeitung vorgelesen hatte, nahm er den Weser-Kurier und einen Becher Kaffee und ging rüber zur Scheune.

»Moin Fisch«, rief er fröhlich und stutzte gleich. »Oh, du hast Besuch.«

»Von wögön Bösuch. Dö halbö Nacht hat ös göschnarcht, dö halbö Nacht göquatscht. Ön schröcklöchös Landwösön. Nömm ös wög.«

Knut sah den Mann an, der im Gartenstuhl saß und im Schlaf röchelte.

»Wör böst du? Wö öst dön Namö?«

»Knut«, gab Knut zur Antwort und stupste den Fremden an.

Der schmatzte kurz, brummte und öffnete scheinbar widerwillig die Augen.

»Moin.«

»Wo bin ich?«, krächzte der Fremde heiser.

Knut lachte.

»Ihr zwei habt euch bestimmt prächtig verstanden.«

»Au!« Der Fremde hielt sich den Kopf. »Bitte nicht so laut.«

»Ich glaube, ich mach mal einen Strammen Max. Das hilft am besten gegen den Kater.« Er reichte dem Mann den Kaffeebecher. »Bis dahin: Bitte sehr.«

Knut ging rüber ins Haus.

Frank Brocken war wieder allein. Allein und klein im großen Universum. Der komische Bauer mit Halbglatze ist fortgegangen.

Frank trank einen Schluck Kaffee. Das tat gut. Wie zum Teufel war er eigentlich hierher gekommen? Und wo war er überhaupt? Eine schwammige Erinnerung waberte aus dem Nebel in seinem Kopf hoch, eine Erinnerung an das Fischerweder Frühlingsfest oder so ähnlich. Und eine Erinnerung an zahllose Biere und Schnäpse, an einen langen Marsch durch die dunkle, verregnete Nacht. Und an ein komisches Gespräch mit furchtbar vielen »Öhs«. Schwerfällig stand er auf und trat an den Swimmingpool, der sich kurioserweise in der Scheune befand. Überrascht bemerkte er, dass ein fetter Karpfen in dem Becken herumschwamm. Noch bevor er sich weiter wundern konnte, spürte er eine wohlige Verbundenheit zu dem Tier. Es war, als träfe Frank einen engen Freund wieder, einen Freund, mit dem er lange und gute Gespräche geführt hatte. Ein bisschen musste er über sich selber grinsen. Trotz des Katers.

»Na, du komischer Vogel, da haben wir zwei wohl die Nacht miteinander verbracht.«

»Sölbör komöschör Vogöl.«

Schockiert riss Frank die Augen auf, taumelte zwei Schritte zurück und fiel in den Gartenstuhl. In diesem Moment kam der Bauer mit Halbglatze zurück.

»Oh, er hat was gesagt. Da kannst du dich freuen. Der spricht nicht mit jedem.«

Er reichte ihm einen Teller, auf dem ein paar Spiegeleier und Schinken auf einer Scheibe Brot gestapelt waren. Daneben lag ein Gürkchen.

»Ich heiße Knut Harmsen.« Lachend fügte der Bauer hinzu: »Und ich weiß, dass das ein saublöder Name ist.«

Frank bedankte sich grunzend und schaufelte das fettige Essen in sich hinein. Hauptsächlich um nicht reden zu müssen. Das Kauen und Schlucken ließ ihn ein wenig zur Ruhe kommen. Langsam sickerten weitere Erinnerungen an die Oberfläche seines Bewusstseins, Erinnerungen an das, was unmittelbar nach dem betrunkenen

Marsch durch die Einsamkeit der Nacht geschehen war. Erinnerungen an ein Gespräch mit einer scheinbar körperlosen Stimme, von der er kurz geglaubt hatte, es könne die Stimme Gottes sein. Und das, obwohl er seit seiner Jugend ein überzeugter Atheist war.

»Wir haben uns die halbe Nacht unterhalten«, murmelte er verlegen und zeigte auf den Fisch.

»Jooh, du musst entschuldigen, meistens redet er bloß dummes Zeug. Aber er hat ein gutes Herz.«

»Du hast mich nicht verstanden. Ich habe die halbe Nacht mit dem Fisch geredet. Verstehst du? MIT DEM FISCH!«

»Jooh, das hab ich wohl verstanden. Und was schnackt er so?«

»Er hat gesagt, ich soll das alles nicht so eng sehen.«

Frank schaute den Fisch an und der Fisch schaute Frank an. Beide schwiegen. Frank fühlte, wie seine Verwirrung einem tiefen Frieden wich. Immer klarer wurde die Erinnerung an die vergangene Nacht, an die Stunden mit einem übersinnlichen Wesen. An die Worte, die sie gewechselt hatten. Und an all die vielen »Öhs«. Er erinnerte sich daran, wie er sein Leid geklagt hatte. Sein Leben sei eine Katastrophe, hatte er der Stimme verraten. Sein Beruf machte ihn nicht glücklich und seine Frau erst recht nicht. Meistens war er übel gelaunt. Und wenn sein Herz mal nicht missmutig und bitter sei, war er traurig und depressiv. Das geschah aber eigentlich nur, wenn er zu viel trank. Dann spürte er, wie klein und unbedeutend er war, wie einsam und verloren. In solchen dunklen Momenten musste er immer daran denken, dass, wenn er denn eines Tages sein Leben aushauchte, nichts von ihm blieb als Futter für die Würmer.

»Öch mag Wümör, dö schmöckön gut.«

Das war der Moment, in dem Frank klargeworden war, dass es eben nicht die Stimme Gottes war, die zu ihm sprach. Schlagartig wurde er wieder zum Atheisten. Gott sei Dank war er noch betrunken genug, die Unterhaltung fortzusetzen, nachdem er begriffen hatte, dass er sie mit einem Fisch führte.

»Aber ist es nicht schrecklich, dass wir alle sterben müssen?«

»Nöö, wör kommön aus döm Nöchts und göhön öns Nöchts zurück. Also öst untörm Schlusströch nöchts vörlorön und nöchts göwonnön. Also allös böstöns.«

»Ja aber ...«

Der Fisch fuhr fort, dass er sich nicht daran erinnern könne, dass es vor seiner Geburt besonders »schröcklöch« gewesen sei. Im nächsten Moment gab er allerdings zu, dass er sich sowieso nicht an allzu viel erinnern könne.

»Und? Was hat er so geschnackt?«, wiederholte dieser ulkige Knut Harmsen seine Frage.

»Naja, so Sachen eben«, murmelte Frank, nachdenklich aber zufrieden.

Der einst so schlecht gelaunte Versicherungsmakler blieb den ganzen Tag in der Scheune. Er kurierte seinen Kater aus und genoss die friedliche Idylle und die Ruhe, die dieser sonderliche Fisch ausstrahlte.

Knut hatte nichts gegen den Gast, stellte aber unmissverständlich klar, dass er dem Kegelklub beitreten müsse, wenn er bleiben wolle. Damit war Frank sofort einverstanden und versprach, so bald wie möglich den ersten Monatsbeitrag zu zahlen.

Als die weiteren Gäste wie gewohnt zum Fisch pilgerten, waren sie zunächst überrascht, dass die Scheune nur noch von Klubmitgliedern betreten werden durfte, doch als Knut ihnen anbot, auf der Stelle und ohne jede Wartefrist aufgenommen zu werden, waren sie einverstanden. Zumal die Höhe des Mitgliedsbeitrages lächerlich niedrig war. Der erste Beitrag konnte in bar bezahlt werden, für die folgenden bat Knut um die Einrichtung eines Dauerauftrages.

Frank blieb bis zum Abend in der Scheune. Nachdem die anderen Klubmitglieder gegangen waren, verbrachte er eine weitere unbequeme Nacht im Gartenstuhl.

Vierzehntes Kapitel, in dem der Verfasser dieser Zeilen die Ehre hat, an einem Detail dieser wahren Geschichte mitzuwirken

Franks miese Laune war wie weggeblasen. Morgens leistete er Knut und dem Fisch beim Zeitunglesen Gesellschaft. Mittags machte er gern einen kleinen Spaziergang, erfreute sich dabei an dem Seelenfrieden, den er neuerdings in sich fühlte. Am Nachmittag setzte er sich an das Becken und unterhielt sich mit dem Wunderkarpfen. Dabei war er zutiefst berührt von der einzigartigen Weisheit, die von dem magischen Wesen ausging. Die Hinweise, die der Karpfen gab, waren so tiefsinnig und klar, so ehrlich und existentiell, so weise und unverfälscht. Und es waren genau die Kernfragen, die die Menschheit seit Urbeginn aller Zeiten beschäftigten: »Wo bön öch?«, »Wör bön öch?«, »Wohör kommö öch?«, »Wo göhö öch hön?«.

Sobald die ersten Gäste kamen, half Frank Knut dabei, die handgeschriebenen Mitgliedsausweise zu kontrollieren oder neue auszustellen. Nachdem abends die letzten Gäste gegangen waren, machte er es sich so gut wie möglich im Gartenstuhl in der Scheune bequem und schlief dort bis zum Morgen. Es war ein herrliches, mit Frieden und Glück erfülltes Leben. Ehrfürchtig und andächtig bewunderte er den Fisch. Frank spürte in ihm nicht bloß eine mystische Erhabenheit und eine gewisse Göttlichkeit, sondern er fühlte sich auch mit dem Wasserwesen tief verbunden und seelisch auf einer gemeinsamen Ebene schwebend. Einsam oder verloren fühlte er sich nicht mehr. Er spürte, dass er ein wichtiges Teil des Universums war, dass er seinen Anteil am Glück und zum Weltfrieden beitrug, einfach dadurch, dass er existierte. Und auf den Fisch hörte. Sowas Ähnliches hatte der ihm ja auch gesagt. Jedenfalls so ungefähr.

Nach zwei Wochen fand Knut es an der Zeit, dass der komische Fisch-Jünger, der ungefragt in seiner Scheune hauste, nun endlich wieder auf eigenen Beinen stehen sollte. Knut hatte keine Lust mehr, mit dem komischen Kerl sein Bad zu teilen und ihn mit Lebensmitteln zu versorgen.

»Hör mal, meine Scheune ist kein Hotel. Wenigstens nachts braucht der Karpfen seine Ruhe.«

»Du meinst, ich soll hier nicht mehr übernachten?«

»Jooh.«

»Tja.« Frank kratzte sich nachdenklich am Hinterkopf. »Was machen wir denn da?«

»Du musst woanders schlafen.«

»Ich hab ja noch das Wohnmobil. Aber wo kann ich damit hin? Vielleicht hier auf den Hof, neben der Scheune?«

»Du kannst auf dem Kartoffelacker campieren.«

Kurz darauf fuhren die beiden mit dem Trecker nach Fischerhude. Vorher machten sie einen kleinen Abstecher nach Quelkhorn und kauften und befüllten einen Ersatzkanister mit Benzin. Auf dem Parkplatz direkt hinter Fischerhude stellte Knut den Trecker vor dem Wohnmobil ab. Frank rutschte herunter und rief: »Bärbel, wo bist du? Ich habe eine aufregende, inspirierende Zeit erlebt.«

Natürlich war seine Gattin längst verschwunden. Wenn Frank nur ein bisschen darüber nachgedacht hätte, hätte er sich das auch denken können. Immerhin waren 14 Tage vergangen, seit er sie allein zurückgelassen hatte. Statt seiner Frau fand er einen Zettel vor, der mit einem Klebestreifen an der Tür des Wagens angebracht war.

»Du blöder Hund«, stand da geschrieben, »du glaubst doch nicht, dass ich tagelang hier auf dich warte?«

Es folgten einige unfreundliche Beschimpfungen und eine ausführliche Beschreibung der Gefühle, die Bärbel aufgewühlt hatten, als sie diese zornigen Zeilen schrieb. Abgesehen davon stand in dem

Brief, dass sie einen freundlichen Schriftsteller aus Lilienthal getroffen hatte, der bereit war, sie nach Worpswede zu bringen. Frank brauchte sich jedoch nicht die Mühe machen, ihr nachzufahren, denn sie hatte auf gar keinen Fall vor, jemals wieder auch nur ein Wort mit ihm zu wechseln.

»Tja, wie der Fisch schon sagte«, meinte Frank gleichgültig, »man braucht sich keine Sorgen zu machen. Die meisten Probleme lösen sich über kurz oder lang von alleine.«

Knut fuhr mit dem Trecker vorweg und Frank folgte ihm mit dem Wohnmobil. Am Nordarm der Wümme bogen sie in den kleinen Feldweg und kamen schließlich an den Kartoffelacker, auf dem inzwischen diverse Wildpflanzen hüfthoch wucherten.

»Hier kannst du bleiben, solange du willst.«

»Schön.«

Frank schlug sein Lager auf und Knut fuhr heim zum Fisch.

»Der Typ ging mir auf die Nerven.«

»Wör böst du? Und von wölchöm Töp rödöst du?«

»Mein Name ist Knut. Und ich meine den Typen, der bei dir in der Scheune gewohnt hat.«

»Und jötzt wohnt ör nöcht mör hör?«

»Nee, jetzt wohnt er auf dem alten Kartoffelacker.«

Knut freute sich darauf, morgens wieder zu zweit bei einer schönen Kanne Kaffee die Zeitung zu lesen, sich in aller Ruhe mit dem Karpfen über Fußball und Politik zu unterhalten, ohne dass der verrückte Fisch-Jünger danebenstand und vor lauter Ehrfurcht kaum Luft holen konnte. Als er jedoch am nächsten Morgen dem Scheunenbewohner aus dem Weser-Kurier vorlas, dauerte es nicht lange, bis sich die Tür öffnete und Frank eintrat.

»Moin Knut.« Frank verneigte sich vor dem Becken. »Ehrwürdiger Fisch, ich grüße dich.«

»Moin. Was machst du denn jetzt schon hier?«

»Ich begrüße den Karpfen.«

»Papperlapapp! Dafür ist es am Nachmittag noch früh genug.« Knut legte den Weser-Kurier an die Seite und stand auf. Mit Nachdruck legte er Frank die Hand auf die Schulter und schob ihn zum Scheunentor hinaus. »Geh ein bisschen spazieren oder mach ein Vormittagsschläfchen. Der Klubsaal ist noch nicht geöffnet.«

Nachdem Knut den Fisch-Jünger hinausgeführt hatte, stöhnte er: »Langsam wird er lästig. Ich glaube, wir sollten feste Öffnungszeiten einführen.«

»Wör böst du?«

»Ich heiße Knut.«

»So ön blödör Namö, wörklöch, ön saublödör Name.«

»Ich weiß.«

Am Nachmittag kontrollierten Frank und die Prinzessin die Mitgliedsausweise. Knut montierte inzwischen die Tischplatte von seinem Küchentisch ab und schrieb darauf in schönster Schönschrift:

Kegelklub Heuwede – Sitzungssaal
Nur für Klubmitglieder
Öffnungszeiten:
Montag bis Samstag von 15 bis 20 Uhr
Sonntag von 10 bis 20 Uhr

Der alten Frau Braas und Gertrud zuliebe wollte Knut sonntags schon vormittags öffnen. Die beiden Damen sollten mit Hund und Gatten nicht wieder auf die öden Gottesdienste des Pfaffen angewiesen sein.

Aus dekorativen Gründen malte Knut noch einen Fisch auf das Schild und trug es zufrieden nach draußen, um es an der Scheune anzubringen.

»Das sieht aber scheiße aus«, meinte der Maler. »Das hättest du lieber jemanden machen lassen sollen, der etwas davon versteht.«

»Das soll ja nicht hübsch aussehen, sondern nur die Klubmitglieder informieren.«

Missmutig runzelte der Maler die Künstlerstirn und sah Knut dabei zu, wie er die Küchentischplatte an die Scheune schraubte.

Obwohl Bärbel Brocken, die vergessene Gattin des frommen Fisch-Jüngers, für den weiteren Verlauf der Geschichte keine Bedeutung hat, soll kurz darauf eingegangen werden, was aus ihr wurde.

Nachdem der freundliche Schriftsteller aus Lilienthal sie nach Worpswede gefahren hatte, schlenderte sie glücklich befreit im Sonnenschein durch die Bergstraße. Überall fand sie Galerien und Ausstellungen. Um jede Ecke dieser Ortschaft strahlte der Geist von Heinrich Vogeler, Fritz Mackensen, Paula Modersohn-Becker und ihres Gatten Otto. Begeistert besuchte Bärbel die Kunsthalle, bestaunte das Kaffee Worpswede und das putzige Häuschen, dass »die Käseglocke« genannt wurde. Anschließend bummelte sie gut gelaunt zum Barkenhoff. Bärbel fühlte sich so wohl in dem Künstlerdorf, dass sie sich in einem Hotel ein Zimmer nahm. Worpswede war wunderbar, doch das Schönste an diesem Ort war die Abwesenheit ihres Gatten.

Nach ein paar schönen Tagen fasste Bärbel den Entschluss, für immer in dem Künstlerdorf zu bleiben. Sie fand einen Aushilfsjob in einem Supermarkt. Ihr neuer Chef war so freundlich und vermittelte ihr eine kleine bezahlbare Zweizimmerwohnung. Vermutlich wäre Bärbel tatsächlich in Worpswede geblieben, doch sie wollte noch einmal in ihre alte Wohnung, um ein paar persönliche Dinge zu holen. Im Zug auf dem Nachhauseweg traf sie einen Mann mit grünen Haaren und Ringen in Nase und Ohren. Zunächst gefiel er ihr bloß, weil er so ganz anders war als der blöde Frank. Doch je länger sie sich unterhielten, desto klarer wurde ihr, dass der Grünhaarige einfach ein netter Kerl war. Er kam aus Bremen, wo er im Schlachthof, einem alternativen Kulturzentrum, einen Auftritt mit seiner Band hatte. Obwohl Punk-Musik ja schon seit einigen Jahren nicht mehr in Mode war, blieb der Grünhaarige seinen Wurzeln treu und hatte Erfolg damit. Während der langen Zugfahrt kamen sich die beiden näher und tauschten schließlich ihre Telefonnummern aus. Auch als Bärbel schon in der kleinen Wohnung in Worpswede lebte, trafen sie sich regelmäßig. Offensichtlich war das die große Liebe. Eines Tages gingen sie zusammen nach Berlin. Bärbel fing an zu singen und sie gründeten gemeinsam eine Punkband. Nach Worpswede kehrte sie nie zurück. Und zu Frank auch nicht.

Fünfzehntes Kapitel, in dem der Fisch ein echter Star wird

Knut war zufrieden. Zwar konnte er sich nur noch vormittags in Ruhe mit dem Karpfen unterhalten, doch dafür ging es finanziell aufwärts. Täglich traten zahlungswillige Mitglieder in den Kegelklub ein. Zunächst kamen neben den Heuwedern die Leute aus Quelkhorn und Fischerhude. Doch inzwischen pilgerten auch Gäste aus Worpswede und Osterholz-Scharmbeck in das kleine Dorf. Ja, sogar etliche Bremer wollten den wundersamen Fisch sehen. Und alle zahlten sie bereitwillig den Mitgliedsbeitrag. Vor der Scheune bildete sich jeden Tag eine lange Schlange. Lena, die Bürgermeistersgattin, und Freya, die Kräuterhexe, postierten sich am Eingang und achteten darauf, dass nicht zu viele Leute gleichzeitig die Scheune betraten. Erst wenn ein paar Gäste die Scheune verließen, wurden neue eingelassen.

Längst war der Fisch nicht mehr so schüchtern wie vor wenigen Wochen. Nachdem der Karpfen neben Knut auch mit Freya und Frank redete, sprach er inzwischen mit jedem, auch mit Fremden. Offensichtlich hatte er sich an all die merkwürdigen Landwesen gewöhnt. Allerdings waren seine Worte so leise, dass ihn immer nur die zwei oder drei Leute verstehen konnten, die unmittelbar vor ihm standen. Und die Themen, die der Fisch von sich aus ansprach, waren nicht besonders vielseitig. Meistens fragte er bloß, wo der Besucher denn eigentlich herkäme und wer er überhaupt sei. Zu wem er schwamm und wem er diese Fragen stellte, entschied der Karpfen völlig willkürlich und spontan. Allgemein wurde es als große Ehre angesehen, vom Fisch persönlich angesprochen zu werden. In der zweiten oder dritten Reihe klang solch eine Unterhaltung dann ungefähr so:

»Er hat gesprochen!«

»Was denn? Was hat er gesagt?«

»Ruhe, ich kann nichts hören?«

»An wen hat er denn das Wort gerichtet?«

»An die dicke Frau da vorn.«

»Was spricht er?«

Einige Leute konnten nun sehen, wie die genannte Dame sich über das Wasser beugte und kurz mit dem Karpfen unterhielt. Sie richtete sich wieder auf und rief den Leuten zu: »Er hat nach meinem Namen gefragt!«

»Oooh!«

»Hört hört!«

»Was meint er bloß damit?«

»Sag es ihm! Sag ihm, wie du heißt!«

Wieder beugte sich die Dame über die Wasseroberfläche und wechselte ein paar Worte mit dem Tier.

»Und was sagt er nun?«

»Wer?«

»Na, der Fisch!«

»Hat er wieder gesprochen?«

»Ruhe jetzt! Lasst die dicke Frau reden!«

Die Dame blickte grimmig in die Runde und rief mit fester Stimme: »So hört, was der Fisch mir verkündet hat! Er findet, es spielt keine Rolle, ob ich dick oder dünn bin! Wer sich über meine Figur lustig macht, der soll den Würmern als Futter dienen!«

»Ooh!«

»Das hat er gesagt?«

»Wer hätte das gedacht.«

»Was meint er bloß damit?«

Natürlich hatte der Fisch sich in Wirklichkeit mit keinem Wort zur Figur der Dame geäußert. Vielmehr hatte er festgestellt, dass er ihren Namen blöd fand, wirklich saublöd. Und dass er Würmer mochte, weil die eben wirklich richtig lecker seien.

Nach der dicken Dame war ein langhaariger Typ, der wie ein Hippie gekleidet war, an die Reihe.

»Oh weises Schuppentier, ich frage dich: Gibt es ein Leben nach dem Tod? Ein Paradies oder so etwas wie eine Wiedergeburt?«

»Hört hört!«

»Gute Frage, das würde mich auch interessieren.«

Der Hippie beugte sich über den Karpfen.

»Was sagt er?«

Ein Lächeln zog über das Gesicht des Langhaarigen. Nachdem die beiden die Fragen zu Namen und Herkunft des Fisches geklärt hatten, erhielt er eine offensichtlich zufriedenstellende Antwort.

»Er sagt:«, rief der Hippie in den Raum, »›ja, meinetwegen.‹«

»Oh, wer hätte das gedacht.«

»Meinetwegen was?«

»Naja, das ewige Leben und so.«

»Moment mal«, mischte sich nun Frank Brocken ein, »zu mir hat er gesagt, wir kämen aus dem Nichts und gingen in das Nichts zurück! Was ist denn damit?«

»Moment, ich frag mal.«

Der Hippie beugte sich wieder über das Wasser und wechselte ein paar Worte mit dem Karpfen. Dann richtete er sich wieder auf und rief Frank und allen anderen zu: »›Ja, das auch‹, sagt der weise Fisch.«

»Aah!« und »Ooh!« riefen da die Leute.

»Also ist alles möglich!«

»Wer hätte das gedacht!«

Frank runzelte die Stirn. So ganz zufrieden war er nicht mit diesen widersprüchlichen Antworten auf die existentiellen Fragen der

Menschheit. Doch als er eine Weile darüber nachdachte, ging ihm auf, wie wunderbar und weise die Botschaft war, die der Fisch ihnen auf diesem Wege mitgeteilt hatte. Es war, wie irgendwer aus der Menge gerufen hatte: »Alles ist möglich!«

Frank fühlte eine tiefe Dankbarkeit in sich aufblühen. Was war er doch für ein gesegnetes Menschenwesen, dass er den weisen Karpfen hatte kennenlernen dürfen. Zufrieden ging er Heim zu seinem Wohnmobil auf dem Kartoffelacker. Schon länger war er nicht der Einzige, der hier lebte. Überall standen Zelte und Wohnwagen herum. Die Camper versammelten sich abends am Würstchengrill oder am offenen Lagerfeuer. Dort plauderten sie, tauschten sich über die Weisheiten des Wunderfisches aus oder sangen gemeinsam Lieder.

Für Kegelklubmitglieder war das Campen auf dem Kartoffelacker kostenlos.

Am Abend besuchte Knut die Prinzessin auf dem Sofa. Sie knabberten Salzstangen, tranken Bier und sahen sich die Tagesschau an. Knut hätte sich beinahe an einer Salzstange verschluckt, als plötzlich eine Großaufnahme von seiner Scheune auf dem Bildschirm erschien. Sein Hof war in den Abendnachrichten. Vor der Scheune war die übliche lange Schlange der Gäste zu sehen, die den Fisch besuchen wollten. Eine Frau in einem adretten Hosenanzug lächelte freundlich aus dem Fernseher heraus und fing an zu plappern: »Ich stehe in Heuwede, einem beschaulichen Ort zwischen Fischerhude und Quelkhorn bei Bremen. Seit Wochen herrscht hier große Aufregung ...«

»Wann waren denn die Fernsehfritzen da? Hast du das gewusst?«

Die Prinzessin stammelte verlegen: »Ja ... äh nein ... ich meine ...«

»... von überall her strömen die Menschen zu einem unscheinbaren Bauernhof ...«

»Die haben mich gefragt, ob sie ein paar Aufnahmen machen dürfen. Weiter nichts. Ich hab gedacht, das kann ja nicht schaden.«

»... ein Karpfen, dem nachgesagt wird, er könne Wunder bewirken ...«

Knut lehnte sich zurück und schaute gebannt auf den Bildschirm.

»Hast ja Recht, Florentine, schadet nichts. Wäre bloß gerne dabei gewesen, wäre gerne mal im Fernsehen.«

»... zwar werden nur die Mitglieder des Kegelklubs Heuwede zu dem Wundertier vorgelassen, doch jeder hat die Möglichkeit, vor Ort schnell und unkompliziert beizutreten ...«

»Eine bessere Werbung kann es doch gar nicht geben.« Die Prinzessin lächelte zufrieden.

Florentine sollte Recht behalten. Der Bericht in den 20-Uhr-Nachrichten lockte noch mehr Menschen nach Heuwede. Knut stellte den Anreisenden gegen eine Gebühr ein paar seiner Ackerflächen zum Parken zur Verfügung. Die übrigen Landwirte des Dorfes folgten diesem Beispiel. In Heuwede, Fischerhude und Quelkhorn, ja sogar in Oyten, Ottersberg und Sottrum öffneten zahlreiche Pensionen und Hotels. In neuen Souvenirläden wurden bald passende Andenken verkauft: Schneekugeln mit einem Karpfen in einer idyllischen Winterlandschaft, Postkarten mit Fischen, Zierteller und Tischdeckchen und alles, was sich mit Wunderfischbildern bedrucken ließ. Bald kamen mehr Touristen nach Heuwede als nach Worpswede oder Bremen und so dauerte es auch nicht lange, bis Reisegruppen aus Japan und aus aller Welt eintrafen.

Und all die Leute traten bereitwillig in den Kegelklub ein, um den Fisch besuchen zu dürfen.

Sechzehntes Kapitel, in dem Susi Sonnenschein, ein alter Nazi und weitere Fisch-Jünger verschiedenster Art exemplarisch vorgestellt werden

Susi Sonnenschein stand in der Schlange vor der Scheune. Sie war kein so fröhlicher Mensch, wie man es bei dem schönen Namen erwarten könnte. Ihr Gemüt war finster wie ein wolkenverhangener Abendhimmel kurz vor dem Weltuntergang. In Susis Blick lagen Schwermut und Kummer und ihre Lippen hatten längst verlernt zu lächeln. Wo andere eine liebreizende Blüte erblickten, sah Susi sie schon dahinwelken, wo andere von Rosenduft schwärmten, roch sie bereits Verwesung. In allem Schönen sah sie bloß Fäulnis und Zerfall.

Als Kind war Susi noch ein echter Sonnenschein gewesen, ein fröhliches Mädchen mit blonden Zöpfen und geblümten Kleidchen. Doch an dem Morgen, an dem sie Moby Dick aufgedunsen und mit toten Augen vorgefunden hatte, war schlagartig ihr Lebensglück erloschen. Er schwamm leblos an der Wasseroberfläche und das hatte ihr das Herz gebrochen. Moby Dick war zwar bloß ein Goldfisch, doch Susi hat dem nassen Gesellen all ihre Liebe gegeben. Er war für sie da, wenn sie von der Schule nach Hause kam, wenn sie nachts schlecht geträumt hatte oder als sie vom ersten Liebeskummer heimgesucht wurde. Immer hatte er einen fischig-freundlichen Blick für sie gehabt, fast schon ein Lächeln.

Moby Dick war ihr Freund gewesen und plötzlich war er tot.

Ihre Mutter sagte: »Stell dich nicht so an!«, warf Moby Dick ins Klo und zog ab. »Wir kaufen dir einen neuen.«

Seitdem war Susi niemals wieder glücklich oder wenigstens zufrieden gewesen.

»Du musst zum Doktor gehen«, sagte ihre Mutter. »Damit du endlich mal wieder froh wirst.«

Aber Susi wollte nicht. Wozu sollte sie glücklich sein? Wozu froh? Irgendwann würde sie doch wieder … Aber nach einigen schwermütigen Jahren wurde sie schließlich in eine psychiatrische Klinik eingewiesen.

In jedem Sommer zwang Susis Mutter sie, mit ihr ein paar Tage wegzufahren.

»Damit du mal aus dem ganzen Trübsinn herauskommst.« Dass dieser Trübsinn mit dem verstorbenen Goldfisch zusammenhing, ahnte die Mutter nicht. Sie hatte Moby Dick längst vergessen. Bei einer dieser Fahrten kamen sie zufällig durch Quelkhorn.

»Da vorne gibt es Eis, ich lade dich ein.«

In der Schlange vor dem Café Lindenlaub hörte sie, wie die Leute von einem Wunderfisch redeten.

»Na, den komischen Vogel können wir uns ja mal ansehen.«

Kurz darauf warteten sie zum zweiten Mal an diesem Tag in einer Schlange. Und zwar ziemlich lange. Als die beiden endlich direkt am Becken standen, sprach der Karpfen Susi direkt an: »Wör böst du?«

»Was hat er gesagt?«, rief jemand von hinten.

»Hat er wieder etwas offenbart?«, fragte ein anderer.

Neugierig beugte Susi sich über das Wasser.

Dieser Fisch war zwar nicht ihr Freund aus glücklichen Kindertagen, trotzdem blühte Susi richtig auf. Niemals verriet sie irgendwem, was der Karpfen mit ihr besprochen hatte. Doch offensichtlich brachte ihr dieses Gespräch die Lebensfreude zurück. Und sie kam von nun an so oft wie möglich in Knuts Scheune. Nachdem die Urlaubsreise vorüber und Susi wieder in die Wohneinrichtung für psychisch Kranke zurückgebracht worden war, fuhr sie jedes Wochenende nach Heuwede. Bald konnte sie als geheilt entlassen werden. Sie bekam eine Anstellung in der Zierfischabteilung einer Heimtierhandlung. An den Wochenenden kam sie weiterhin nach

Heuwede. Heute stand sie wieder in der Schlange vor der Scheune und pfiff dabei gut gelaunt ein Liedchen.

Direkt hinter Susi Sonnenschein stand ein älterer Herr mit einem Jägerhut auf dem Kopf. Das war Alexander. Der konnte die meisten Menschen nicht ausstehen. Aber Dackel mochte er gern. Und die deutsche Heimat. Und die alten Zeiten. Heutzutage wurden die wahren Werte überall mit Füßen getreten und überhaupt und sowieso ... – meinte Alexander jedenfalls. Leute mit dunkler Haut fand er doof, weil sie irgendwie anders waren. Er glaubte, die seien alle faul oder gefährlich oder beides. So wie die heutige Jugend, die ja bekanntlicherweise schon in der Grundschule systematisch verdorben wurde.

Männer, die sich in Männer verliebten, mochte er auch nicht. Die fand er irgendwie peinlich. Und unmoralisch. Doch Frauen, die sich in Frauen verliebten, fand er noch schlimmer. Sogar noch viel schlimmer. Möglicherweise würden diese Weiber früher oder später über ihn und über alle deutschen Männer herfallen und sie kastrieren. Ohne Betäubung! Im Grunde fand er all diese Perversen ebenso übel wie Umweltschützer, Bombenleger und die linken Spinner, die in der sogenannten Regierung saßen. Die unterdrückten das deutsche Volk und ließen sich dafür von den Juden und Islamisten bezahlen. Dabei nutzten sie hemmungslos ihre Macht über Presse und Medien, um das Volk mit Fehlinformationen zu verblöden und in die Irre zu führen.

Die Begegnung mit dem Fisch hatte auf Alexander eine ähnlich tiefgehende Wirkung wie auf Susi Sonnenschein. Zunächst war er bloß zur Scheune gekommen, um zu sehen, was da vor sich ging. Doch nachdem das Wundertier ein paar Worte mit ihm gewechselt hatte, wurde er nachdenklich. Schon nach der zweiten Begegnung kam er auf den Gedanken, dass Menschen mit einer anderen Hautfärbung vielleicht und möglicherweise gar nicht so schlimm waren, wie er bisher geglaubt hatte. Nach dem dritten Besuch wurde ihm klar, dass seine Partei eine wahrhaftig menschenfeindliche Ideologie vertrat. Und eine fischfeindliche. Der Karpfen hatte ihm bald klar gemacht, dass freundliche Worte und Liebe viel besser waren als Hetze und Hass.

Direkt hinter Alexander standen drei Veganerinnen, von denen eine laktoseintolerant war. Da sie jedoch keine tierischen Lebensmittel zu sich nahm, sollte sie auch niemals von dieser Unverträglichkeit erfahren.

Hinter den drei Veganerinnen stand wiederum ein echter Bischof in der Schlange. Der hieß Thomas. Als er noch ein junger Mann war, hätte kaum jemand geglaubt, dass ausgerechnet aus diesem Rabauken eines Tages ein kirchlicher Würdenträger werden sollte. Mit großer Leidenschaft hatte Thomas an Mopeds herumgeschraubt und Unmengen Bier getrunken. Das Bier hatte er meistens aus einem kleinen Getränkeladen an der Ecke gestohlen. Der Inhaber des Ladens wusste genau, dass Thomas regelmäßig Bierbüchsen in seiner Lederjacke an der Kasse vorbeischmuggelte. Er sprach aber den Übeltäter nie darauf an, denn er fürchtete krankenhausreif geprügelt zu werden, falls er das wagen sollte. Bedauerlicherweise musste er schwer verletzt mit dem Krankenwagen in die Notfallklinik gefahren werden, eben *weil* er den dauernden Bierdiebstahl in seinem Laden nicht unterbunden hatte. Als er an einem Freitagabend seinen Laden abschließen wollte, kam Thomas volltrunken auf dem Moped angerast, um neues Bier zu holen. Er konnte nicht rechtzeitig bremsen und fuhr den armen Mann über den Haufen.

Während die Ärzte sich bemühten, den Verletzten wieder zusammenzuflicken, wurde Thomas von schweren Gewissensbissen geplagt. Er fürchtete, der Getränkehändler könnte noch in derselben Nacht dahinsterben. In seiner Not fing er an, leidenschaftlich zu beten. Und das, obwohl er seit seiner Taufe keine Kirche mehr von innen gesehen hatte. Schließlich schlug er dem Allmächtigen ein Geschäft vor: »Wenn du den Alten wieder gesund machst, will ich ein guter Mensch werden und dir mein Leben widmen. Amen.«

Der Getränkehändler wurde wieder gesund, Thomas erkannte darin ein Zeichen Gottes und wurde zum eifrigen Christen. Er wurde brav und fleißig und diente nichts und niemandem außer Gott und der Kirche. Er studierte katholische Theologie, wurde zunächst Priester und schließlich Bischof.

Doch nach vielen Jahren im hohen Amt verblasste allmählich das Wunder der Genesung des Getränkehändlers. Der Eifer der Jugend erschlaffte und mit ihm der unerschütterliche Glaube. Es war nicht bloß so, dass Thomas an der Existenz Gottes zweifelte, nein, er war sich inzwischen sicher, dass er sich geirrt hatte: Es gab keinen Gott. Der Getränkehändler wäre auch ohne Gebete gesund geworden. Und nun hatte Thomas den Salat. Er war ein atheistischer Bischof, der seinen Job erledigte, weil es eben sein Job war. Die salbungsvollen Worte spulte er routiniert und ohne Überzeugung herunter. Was sonst hätte er tun sollen? Er verdiente gut und hat nie einen anderen Beruf gelernt, doch im Grunde langweilte er sich. Als er von dieser merkwürdigen Angelegenheit in Heuwede hörte, sah er die Gelegenheit, ein echtes Wunder Gottes zu entdecken. Dann konnte er zugeben, dass es vielleicht doch einen Allmächtigen gab, dann würde sein Job als Bischof wieder Sinn ergeben, dann würde das Feuer des Glaubens wieder zu lodern beginnen. Oder für immer erlöschen.

Frank Brocken und Pastor Paul saßen im Sonnenschein vor der Scheune und sahen dem Treiben der Leute zu. Auf Franks Schoß lag ein Kater, dem er das Fell kraulte. Dessen rechtes Ohr war gespalten und er schnurrte so, wie es Kater zu tun pflegen, wenn sie sich wohl fühlten.

»Wo kommt denn diese Katze her?«, fragte der Pastor.

»Keine Ahnung, sie schleicht hier schon seit Wochen rum.«

Darauf gab es nichts mehr zu sagen. Also saßen die beiden schweigend im Sonnenschein. Frank kraulte, der Kater schnurrte und der Pastor sah sich das Getümmel der Leute an.

»Was hältst du eigentlich von der ganzen Sache?«, fragte der Pastor schließlich und wies mit einem Kopfnicken auf die Schlange vor der Scheune. »Von dem Fisch und so?«

Frank sagte: »Es ist übersinnlich. Der Fisch hat mir die Augen geöffnet. Heute begreife ich Dinge, die mir zuvor fremd waren.«

»Das kann ich gut verstehen, dieses Wunderwesen scheint mir ein Gesandter des Herrn zu sein. Der Fisch ist in der Lage, Dinge tief in unseren Herzen anzusprechen, die uns innerlich in Schwingung versetzen.«

Scheinbar hatte der Karpfen auf beinahe alle Menschen einen positiven Einfluss: Susi war wieder glücklich, Alexander wurde ein richtig netter Typ, der sich ehrenamtlich in einem Flüchtlingsheim engagierte. Und der Bischof ... nun, wir werden sehen.

Siebzehntes Kapitel, in dem die Geschichte beinahe ein wenig unglaubwürdig wirkt, obwohl sich doch alles genau wie beschrieben abgespielt hat – außerdem zieht der Fisch in einen Palast

Florentine hatte sich bereit erklärt, sich um die Verwaltung des Klubs zu kümmern.

»Ruhestand kann ich einfach nicht«, sagte sie. »Ich muss was tun.«

Von den Einnahmen des Kegelklubs ließ Knut ein hochmodernes Büro einrichten. Da die Prinzessin im Wohnzimmer wohnte und die Scheune vom Fisch besetzt war, musste die Klubzentrale in den ehemaligen Hühnerstall eingebaut werden. Dort pflegte Florentine nun die Mitgliedslisten und erstellte eine Homepage. Eigentlich wollte sie auch die Mitgliedsausweise für die neuen Mitglieder am Computer ausdrucken, doch bald musste sie aufgrund der großen Menge eine Druckerei damit beauftragen. Außerdem führte sie die Regelung ein, dass der Karpfen nur noch nach vorheriger Buchung besucht werden durfte. Zu viele potenzielle Klubmitglieder mussten abends den Hof verlassen, ohne den Fisch persönlich getroffen zu haben. Schlagartig war die Scheune für Wochen ausgebucht. Florentine überredete Knut, sie nun auch an den Vormittagen zu öffnen. Wenigstens ab zehn.

Darüber hinaus sorgte die Prinzessin für die geordnete Verteilung der Einnahmen. Der Hauptanteil ging an Knut. Immerhin war er es ja, der den Laden am Laufen hielt und der dem Karpfen damals das Leben gerettet hatte. Die anderen Vorstandsmitglieder erhielten wirklich großzügige Aufwandsentschädigungen. So großzügig und regelmäßig, dass sie ihre Jobs kündigen und stattdessen für den Kegelklub ehrenamtlich tätig werden konnten. Das taten sie dann auch. Bloß der Pfaffe nicht. Der fühlte sich seiner Gemeinde gegenüber verpflichtet. Ob aus moralischen, ethischen oder religiösen Gründen, das wusste er selbst nicht so genau.

Da immer mehr Menschen nach Heuwede pilgerten, beschloss Knut, eine große Halle zu bauen. Die sollte dort entstehen, wo bisher die Scheune stand, die für all die zahlenden Gäste längst nicht mehr ausreichte. Er fragte den Pfaffen: »Kann der Fisch für eine oder zwei Wochen in deiner Kirche wohnen? Bis die neue Halle fertig ist?«

Tatsächlich hatte Pastor Paul schon überlegt, ob er den sonntäglichen Gottesdienst in die Scheune verlegen sollte, damit er endlich mal wieder vor Leuten predigen konnte. Leider kam nämlich niemand mehr zu ihm in die Kirche. Nicht einmal die alte Frau Braas mit dem Hündchen oder Gertrud mit ihrem schweigenden Gatten. Natürlich hatte er diese Idee gleich wieder verworfen und seine Predigten allein vor den leeren Kirchenbänken gehalten, um anschließend so schnell wie möglich selbst in die Scheune zu gehen.

»Das geht doch nicht. Wie stellst du dir das vor?«

»Naja, ganz einfach: Wir bauen da ein Becken auf und der Fisch bleibt bei dir, bis die neue Halle fertig ist.«

Pastor Paul zögerte.

»Und wieso lässt du ihn nicht einfach in deinem Badezimmer wohnen?«

»Mensch Pfaffe, denk doch mal nach, ich kann den Karpfen doch nicht wieder in so eine enge Wanne stecken. Das ist er doch gar nicht mehr gewohnt.«

»Nenn mich nicht Pfaffe«, murmelte Paul, zuckte mit den Schultern und sagte: »Wieso nicht? Aber sonntags halte ich trotzdem die Gottesdienste.«

»Jooh, das mach mal. Das stört ja niemanden.«

Also wurde der Fisch umquartiert und der Pastor konnte endlich mal wieder in einem vollen Haus predigen. Die alte Scheune wurde abgerissen und innerhalb einer Woche eine Leichtbauhalle errichtet. Doch schon, bevor der Fisch aus der Kirche geholt wurde, war deutlich zu erkennen, dass auch die neue Bleibe nicht ausreichend war. Also ließ Knut diese kurzerhand wieder abreißen und baute auf ein ehemaliges Maisfeld ein riesiges Gebäude. Da der Kegelklub inzwischen über große finanzielle Mittel verfügte, gingen die Bauarbeiten recht zügig voran. Rund um die Uhr wurde in Schichten gearbeitet. Die Handwerker wurden mit saftigen Schichtzulagen bei Laune gehalten und mit Sonderprämien motiviert. Geld konnte ja bekanntlich Berge versetzen und Geld war in ausreichender Menge vorhanden. So dauerte es nicht lange, bis das architektonische Meisterwerk eingeweiht wurde. Es hatte die Ausmaße einer Kathedrale und strahlte eine eben solche geistliche Erhabenheit und Würde aus. An die Stirnseite des prächtigen Saales hatte der Maler mit einigen Hilfsmalern einen gigantischen Karpfen gemalt.

»Gar nicht übel«, meinte Knut dazu. »Das hätte ich dir gar nicht zugetraut.«

Um genügend Kegelklubmitglieder unterzubringen, waren Emporen über mehrere Ebenen errichtet worden. Von dort aus konnten die Gäste in das reichverzierte Becken schauen und den wundersamen Fisch bestaunen.

In einem feierlichen Umzug wurde der Karpfen aus der Kirche in die prachtvolle Fisch-Kathedrale gebracht, während glückliche Pilger in den Straßen Spalier standen, dabei sangen, tanzten und jubilierten.

Natürlich war es in der neuen Halle und bei der großen Besucherzahl nicht mehr möglich, dass einzelne Leute sich einfach so mit dem heiligen Fisch unterhielten. Meistens übernahm Knut diese Aufgabe. Die Kegelklubmitglieder riefen ihm Fragen oder Anmerkungen zu, er redete kurz mit dem Karpfen und sprach die Antworten des Fisches in ein Mikrophon. Seine Worte wurden unter Verwendung einer sauteuren Dolby-Surround-Anlage bis in die hintersten Winkel der Halle übertragen.

Natürlich ließ Knut die dämlichen Fragen des Fisches, wer und wo er denn nun eigentlich sei, weg, doch ansonsten machte er sich keine großen Gedanken und gab die Antworten des Fisches unzensiert an das Volk weiter.

»Was wollön dönn dö komöschön Landwösön hör?«

»Der Karpfen fragt, was ihr hier wollt?«

»Wir suchen einen Sinn!«, rief einer.

Ein anderer: »Liegt wirklich in jedem Ende ein Neubeginn?«

»Gibt es einen Gott?«

»... und eine Seele?«

»Ist die Liebe stärker als der Hass?«

Mal sagte der Fisch bloß: »So saublödö Fragön. Da sag öch nöchts zu.«

Manchmal sagte er sowas wie: »Mör doch ögal. Die sollön nöcht so doof fragön!«

»Der Karpfen sagt«, rief Kurt durch die Dolby-Surround-Anlage, »stellt nicht solche Fragen!«

Über Antworten dieser Art waren die Pilger besonders entzückt.

»Wir brauchen uns keine Gedanken zu machen!«

»Alles, wie es ist, ist gut, wie es ist!«

»Amen!«

An einem Donnerstagmorgen als Knut gerade zum Karpfen gehen wollte, um ihm wie gewohnt aus dem Weser-Kurier vorzulesen, hielt ihn Freya, die Kräuterhexe, auf.

»Knut, hast du einen Moment Zeit für mich?«

Ohne eine Antwort abzuwarten, zog sie ihn mit einem freundlichen Zwang in die andere Richtung.

»Gehen wir doch eine kleine Runde.«

Knut ging mit ihr mit.

»Ich befürchte, die Fisch-Jünger könnten die spirituelle Verbindung zum Karpfen verlieren, wenn sie seine Worte nur noch durch die Lautsprecher mitkriegen.«

»Was?«

»Ich glaube, auf Dauer ist es auf diese Weise zu unpersönlich. So werden die Leute irgendwann den Glauben an den Karpfen verlieren. Sie brauchen den direkten Kontakt zum Fisch, denke ich.«

»Aber wie soll das gehen? All die vielen Spinner machen ihn nervös.«

Freya schlug vor, Privataudienzen einzuführen. Zu bestimmten, festgelegten Zeiten sollten einzelne Fisch-Jünger exklusiv die Gelegenheit erhalten, persönlich mit dem Karpfen zu sprechen.

»Na, meinetwegen, aber nur ein Spinner am Tag, sonst verliert das arme Tier noch den Verstand.«

Als Knut kurz darauf der Prinzessin von Freyas Idee erzählte, war sie begeistert.

»Für spezielle Audienzen fallen natürlich spezielle Gebühren an.«

Jeden Abend, bevor die prächtige Fisch-Kathedrale geschlossen wurde, konnte von nun an ein Kegelklubmitglied gegen eine einmalige Gebühr persönlich beim Fisch vorsprechen. Sämtliche Termine für die nächsten Monate waren in kürzester Zeit ausgebucht. Um die Flut der Anträge etwas zu drosseln, erhöhte Florentine die Gebühren für diese Audienzen. Als das nichts half, wurden sie erneut erhöht. Bald waren sie unverschämt teuer und der gesamte Kegelklubvorstand wurde reicher und reicher.

»Macht ja nichts«, dachte die Prinzessin, »Geld stinkt nicht.«

Während in dem kleinen Dorf gesungen, getanzt und der Fisch gepriesen wurde, ging es in den konventionellen Gotteshäusern eher ruhig zu. Immer mehr Leute konvertierten zum Kegelklub, immer weniger Leute zeigten Interesse an den traditionellen Gottesbildern. Sie kehrten den Kirchen, Synagogen und Moscheen den Rücken zu und kamen zum Fisch nach Heuwede. Den uralten Religionen liefen die Leute weg.

Achtzehntes Kapitel, in dem der Papst um seinen Urlaub bangt

Franziskus saß mies gelaunt am Frühstückstisch. Soeben hatte der Heilige Vater die schneeweiße Soutane mit Erdbeermarmelade bekleckert. Doch das war nicht der alleinige Grund für seine schlechte Stimmung, nein, schuld war ein blöder Karpfen. Und ein dubioser Kegelklub aus Norddeutschland, der mittlerweile weltweit sein Unwesen trieb.

Franziskus nahm die Leinenserviette und versuchte, die Marmelade zu entfernen. Leider gelang ihm das nicht einmal ansatzweise. Stattdessen verrieb er das klebrige Zeug und der rote Fleck wurde eher größer als kleiner. Verflixt! Auch das Zingulum, sein Gürtel, hatte etwas von der Schmiere abbekommen. Schon oft hatte Franziskus sich gedacht, er sollte besser frühstücken, bevor er sich morgens ankleidete. Oder eines von diesen bescheuerten Lätzchen tragen, die ihm zu seinen privaten Mahlzeiten angereicht wurden. Doch die fand er irgendwie lächerlich und auch ein bisschen würdelos und peinlich. Er legte die Serviette zur Seite und nahm sich erneut den Bericht vor, der ihm an diesem Morgen die Laune verdorben hatte.

Von einer neuen spirituellen Bewegung war dort die Rede. Und von der fatalen Verführungskraft, mit der sie nach den Seelen armer Sünder griff. Nervös tupfte Franziskus mit der Serviette den Schweiß von seiner Stirn und las weiter, obwohl er den Bericht schon beinahe auswendig kannte.

Überall auf der Welt kehrten die Gläubigen der Heiligen Kirche den Rücken zu und pilgerten in einen kleinen Ort namens

Heuwede, um einem Fisch (jawohl, einem Fisch!) alle Ehre zu erweisen. Verflixt! Ein Landwirt namens Knut Harmsen war offensichtlich der Anführer dieser neumodischen Sekte, einer Räuberbande. Natürlich war dies nicht die erste Krise, aus der Franziskus seine geliebte Kirche führen musste. Und auch diesen Angriff auf den rechten Glauben würde er, der Stellvertreter Christi auf Erden, abzuwehren wissen. Da musste Satan schon üblere Feinde senden, um ihm und der Heiligen Kirche gefährlich zu werden. Mit aller Entschiedenheit erhob er sich und stieß dabei seinen Stuhl um. Eine Weile blieb Franziskus plötzlich entmutigt und schrecklich müde stehen. Tief, ganz tief atmete er durch, versuchte, seine innere Energie zu finden. Konzentriert massierte er sich die Stirn, bis er innehielt und irritiert auf seine Fingerspitzen sah. Er roch an dem roten Schmierzeug und leckte zögernd daran. Erdbeermarmelade. Ach ja, er sollte sich besser umziehen. Und offensichtlich auch das Gesicht waschen.

Nach der Morgenandacht fühlte Franziskus sich etwas besser. Wie gewohnt spazierte er zu Fuß zum Palastflügel, in dem die Büros untergebracht waren. Möglicherweise würde er bald einige der prächtigen Kunstwerke veräußern müssen. Seiner geliebten Kirche ging das Geld aus. Sie musste bereits auf ihre Rücklagen zurückgreifen, um die laufenden Kosten zu decken. Ein paar Jahre würden sie noch reichen, doch wenn diese Fisch-Sekte nicht gestoppt werden konnte, würde die Finanzlage sich so rapide verschlechtern, dass die Kirche eines Tages würde Insolvenz anmelden müssen.

Wo sollte Franziskus bloß seinen Tagesgeschäften nachgehen, wenn ihm der Palast des Vatikans nicht mehr zur Verfügung stand? Er musste sich dringend dieser ungeheuerlichen Fischangelegenheit annehmen. Gleich wollte er sein Beraterteam einberufen. Gemeinsam sollten sie eine Lösung finden können, da war Franziskus sicher. Leider war der Zeitpunkt für ein Problem einer solchen Tragweite ausgesprochen ungünstig, denn in den nächsten Tagen wollte er nach Skandinavien reisen – inkognito, in einer äußerst privaten, nahezu delikaten Angelegenheit. Als Heiliger Vater stand er Tag für Tag seiner geliebten Kirche zur Verfügung. Bedingungslos, rund um die Uhr. Doch einmal im Jahr machte auch der Papst Urlaub. Heimlich, denn der Dienst am Allmächtigen war eine Angelegenheit, für die kein Urlaub vorgesehen war. Dennoch legte Franziskus gelegentlich seinen kirchlichen Namen ab und wurde wieder zu Jorge. Zu dem Jorge, der als Bub mit seinem kleinen Bruder durch seine Heimatstadt Buenos Aires getollt war, zu dem Jorge, der als junger Mann eine Ausbildung zum Chemietechniker absolviert und dann doch Geisteswissenschaften studiert hatte, zu dem Jorge, der schließlich Papst Franziskus geworden war. Einmal im Jahr wurde er zu einem einfachen Menschen, der keinerlei geistliche Verpflichtungen kannte und sich in aller Seelenruhe auf einem Campingplatz in der Nähe von Stockholm ausruhte. Da tat er eine Woche lang nichts anderes, als Bier zu trinken und mit zwei heimlichen und wunderbar unheiligen Freunden Skat zu spielen.

Franziskus sehnte sich wie in jedem Jahr mit kindlicher Vorfreude nach dieser privaten Auszeit. Für einen kurzen Moment konnte er sogar das Fischproblem vergessen. Im letzten Urlaub hatte er auf dem Campingplatz einen merkwürdigen alten Kerl kennengelernt. Der war auf einem verschrammten Mofa unterwegs gewesen. Unwillkürlich fing Jorge an zu kichern. Der Kerl hatte zwei Hühner dabei gehabt und wollte tatsächlich mit dem Federvieh auf dem Mofa bis an das Nordkap fahren. Wie war noch sein Name? Heinz? Oder Helmut?

Der Heilige Vater stieg die Stufen zum Eingang hinauf und vergaß in diesem Moment den langersehnten Urlaub, das Skatspielen und Biertrinken und natürlich auch den alten Mann, der mit zwei Hühnern an das Nordkap wollte. Sein Chefsekretär begrüßte ihn unterwürfig. Franziskus erwiderte den Gruß knapp, aber freundlich, und bat ihn, er möge rasch den Krisenstab einberufen. Kurz darauf saßen sechs ältere Herren beisammen und beratschlagten sich. Frauen waren natürlich nicht anwesend, die hatten in der Führungsriege der heiligen Kirche nichts verloren.

»Man könnte doch vielleicht ...«

»Oder sollten wir ...«

»Ist es nicht so, dass unser Heiland, der Herr Jesus Christ ...«

»Es geht um einen Fisch, das muss man sich einmal vorstellen. Um einen blöden ...«

»Jesus nahm den Fisch und reichte ihn denen, die da lagerten. Es waren 5.000 an der Zahl.«

»Johannes-Evangelium, 6. Kapitel.«

»Amen.«

Franziskus schlug mit der Faust auf den Tisch.

»Was kommt ihr mir nun mit Johannes? Sollen wir den dämlichen Karpfen schlachten und hungrige Mäuler stopfen?«

»Im übertragenden Sinne, Heiliger Vater, möglicherweise.« Sein Chefsekretär rieb sich nachdenklich die Nase. »Wie wäre es, wenn wir uns mit den Würdenträgern der Konkurrenz beratschlagen würden?«

»Du meinst mit Knut Harmsen, dem Sektenchef?«

»Eure Heiligkeit, ich meine die Orthodoxen und die Evangelischen.«

Es wurde schlagartig still im Raum. Der Chefsekretär fuhr fort: »Und ich meine natürlich die Juden, die Moslems und alle anderen, die unserem Herrn, dem allmächtigen Gott dienen, ein jeder auf seine Weise.«

»Amen.«

Franziskus öffnete erstaunt den Mund. Und er schloss ihn auch gleich wieder, da er nichts auf diesen Vorschlag zu erwidern wusste. Ein Dialog über all die religiösen Grenzen hinweg war natürlich nie verkehrt. Erst recht nicht, wenn es um ein so schwerwiegendes Problem ging.

Der Chefsekretär fuhr fort: »Vermutlich bereitet dieser Ketzer nicht nur uns einen solchen Kummer. Da sollten doch alle Gläubigen an einem Strang ziehen und dem Versucher mit vereinten Kräften die Stirn bieten.«

»Na ja«, brummelte Franziskus.

»Vergesst nicht, Heiliger Vater, Ihr habt schon mit ihnen geredet, mit den islamischen Würdenträgern, mit den führenden Köpfen der Kopten, den Hindus, den obersten Rabbinern und sogar mit den Lutheranern.«

»Hm, naja«, brummelte Franziskus erneut.

Ein oder zwei Herren aus dem Krisenstab taten es ihm nach und brummelten ebenfalls: »Hm, naja.«

»Und du meinst, wir sollten uns verbrüdern?«

»Zunächst sollten wir mit ihnen beratschlagen, was zu tun ist.«

»Wie stellst du dir das vor?«

Der Chefsekretär schlug vor, mit allen wichtigen Würdenträgern in einer Telefonkonferenz das Fischproblem zu besprechen und dann gemeinsam eine geeignete Vorgehensweise zu finden.

Mit sorgenvoll gerunzelter Stirn fragte Franziskus ihn, bis wann der Chefsekretär eine solche Konferenz organisieren könne.

»Angesichts der ernsten Lage, denke ich, dass ich es in ein paar Tagen hinkriege.«

Franziskus lächelte erleichtert. So bald schon! Da könnte er seinen Skaturlaub wie geplant antreten.

»Nun denn, mein Lieber, so leite die notwendigen Schritte ein.«

Zur Mittagspause verließ der Papst gut gelaunt und zuversichtlich den Palast. Voller Vorfreude dachte er an seine Reise. Er brauchte sich bloß noch rasch mit den anderen Kirchenoberhäuptern zu beratschlagen und dann in den Flieger zu steigen. Irgendwem würde schon einfallen, wie sie mit Knut Harmsen und dem Karpfen umgehen sollten. Auf dem Heimweg fiel ihm wieder der alte Mann ein, der mit dem Mofa und den Hühnern, den er im letzten Jahr in der Nähe von Stockholm getroffen hatte. Horst war sein Name, Hühnerhorst.

Jorge kicherte und tänzelte vergnügt nach Hause – ohne auf die Fugen zwischen den Gehwegplatten zu treten.

Neunzehntes Kapitel, in dem erzählt wird, was der Kegelklubvorstand mit all seinem Geld anfängt

Der wirtschaftliche Aufschwung in Heuwede und umzu explodierte geradezu. Vor allem der Bereich Touristik spülte große finanzielle Mittel in die Gemeindekassen. Die Baubranche boomte. In Fischerhude, Quelkhorn und Ottersberg stiegen die Grundstücks- und Immobilienpreise rasant und unaufhörlich. Ebenso in Lilienthal, Grasberg und Worpswede. Wo vorher Wald und Wiesen in aller Ruhe idyllten, wurden neue Baugebiete ausgewiesen. Wo sich noch vor wenigen Jahren Fuchs und Hase »Gute Nacht« sagten, und eben dieser Fuchs den Hasen anschließend verspeiste, wurden teure Einfamilienhäuser und moderne Wohnblocks hochgezogen. Wo noch vor kurzem der Graureiher herumstand und der Storch spazierenging, wurden Hotels, Pensionen und Restaurants errichtet. Wenn Freya Trollblumen, Nieswurz oder Adonisröschen sammeln wollte, musste sie immer weiter laufen. Meistens fand sie trotzdem nichts.

»Mutter Erde leidet«, klagte die Kräuterhexe. »Die Fisch-Jünger zertrampeln all die zarten Pflänzchen.«

Da Freya sich, wie der gesamte Kegelklubvorstand, keine Gedanken um Geld zu machen brauchte, kaufte sie einen großen Teil der Wümmeniederungen zwischen Heuwede und Bremen auf. Auf diese Weise sicherte sie den Kranichen und Singschwänen auf ihrer Reise aus oder in den Süden ihre Rastplätze. Und der Fuchs fand weiterhin hin und wieder eine fette Mahlzeit, die nicht aus Abfall bestand. Doch bald wurde auch dieses Stückchen Natur von den Fisch-Jüngern in Beschlag genommen. Sie bauten ihre Zelte auf, wenn die anderen Übernachtungsmöglichkeiten zu teuer oder ausgebucht waren. Sie verscheuchten die Tiere, ließen ihren Müll liegen und pissten auf die Trollblumen, Nieswurzen und Adonisröschen.

»So war das nicht gedacht!«

Freya ließ um das Schutzgebiet einen hohen Zaun errichten. Da sich die Fisch-Jünger auch von diesem nicht aufhalten ließen, stellte sie Verbotsschilder auf und sicherte den Zaun mit NATO-Draht. Das fand sie fürchterlich brutal. Sie hatte kein gutes Gefühl dabei, denn grundsätzlich war sie der Meinung, Mutter Natur sollte für alle Wesen dieser Welt frei zugänglich sein. Doch was sonst hätte sie tun sollen?

Der Maler hatte eine andere Verwendung für seinen Reichtum. Er baute sich in der Worpsweder Bergstraße ein hochmodernes Atelier mit einem wunderschönen Ausstellungsraum. Das Dach war aus Glas, so fiel immer genügend Licht ein. Auf diese Weise hatte der Maler perfekte Arbeitsbedingungen und die Leute konnten seine Bilder meistens bei Tageslicht betrachten. Und da er seine Galerie nun im Zentrum des Künstlerdorfes hatte, kamen zahlreiche Gäste und sahen sich die Bilder an.

Verkaufen konnte der Maler sie in der Regel allerdings nur, wenn auf ihnen ein Karpfen abgebildet war. So ging es auch den anderen Betreibern der Worpsweder Galerien. Fischbilder verkauften sich prima, alle anderen Kunstwerke verstaubten. Also stellte der Maler neben seinen abstrakten Werken immer auch ein paar Gemälde mit Fischen aus. Natürlich kam es ihm auf die paar Euro nicht an, die er nun einnahm. Geld spielte in seinem Leben keine Rolle mehr. Nein, es ging ihm darum, die Kunst unters Volk zu bringen.

Bilder wurden gemalt, um betrachtet zu werden. Es gab kaum etwas Traurigeres, als ein Gemälde, das sich niemand ansah. Jahrelang hatte er ertragen müssen, dass seine wunderbaren Bilder, in die er all seine Liebe und Leidenschaft gesteckt hatte, unbeachtet im Keller in Heuwede verschimmelten. Nun rissen sich die Touristen um die Fischgemälde. Dass seine anderen Werke, die abstrakten Farbkompositionen, kaum Beachtung fanden, wurmte ihn. (»Öch mag Würmör, dö sönd löckör.«) Also kaufte der Maler kurzentschlossen eine zweite Galerie in Paris, im wunderbaren Montmartre, denn das war ja bekanntlich das Worpswede Frankreichs. Außerdem sorgte er mit Zahlungen an die richtigen Leute dafür, dass in einschlägigen Kunstmagazinen und Touristenführern seine Werke besonders erwähnt wurden. Schließlich sprach sich herum, dass dieser komische deutsche Maler aus dem berühmten Heuwede kam.

Viele Kunstliebhaber besuchten aus reiner Neugier seine Galerie und bald schätzten die Leute sogar die Bilder, auf denen kein Fisch zu sehen war. Der Maler wurde in der Pariser und schließlich internationalen Kunstwelt als die große Neuentdeckung angesehen. Und das machte ihn froh. Geld konnte eben nicht bloß Berge versetzen, sondern auch einem Kunstmaler zu der Anerkennung verhelfen, die ihm zustand.

Der Pfaffe wiederum investierte sein Vermögen zum größten Teil in wohltätige Organisationen. Er baute Waisenhäuser in Argentinien, Chile und Peru, etliche Schulen in Afrika, ließ überall auf der Welt Brunnen bohren und unterstützte die Stiftung Löwenherz und die Aktion Mensch in Deutschland. Außerdem versorgte er einige Slums an den Rändern der Wohlstandswelt mit sanitären Einrichtungen, Schulen und Krankenhäusern.

Lena, die Frau des Bürgermeisters, verwandelte den Heuweder Krug, den sie mit ihrem Gatten und dem Kater Tante Berta bewohnte, in eine wahre Wellness-Oase. Im Garten ließ sie einen Swimmingpool und einen japanischen Steingarten errichten, im Keller ein Dampfbad, eine Sauna und einen hübschen Springbrunnen.

Auf diese Weise konnte sie natürlich nur einen kleinen Teil des Geldes ausgeben. Den Großteil ihres Vermögens lagerte sie auf einem Bankkonto ein.

Ihrem Ehemann, dem Bürgermeister von Heuwede, war der plötzliche Reichtum vollkommen gleichgültig. Er ignorierte das viele Geld und ging täglich angeln. Da es allerdings keine Fische mehr in dem Karpfenteich gab, verzichtete er auf die Angelschnur. Er saß einfach nur am Wasser und angelte ohne Schnur und Haken. Als die Pilger ihn dabei sahen, belächelten sie ihn zunächst. Doch nachdem sich herumgesprochen hatte, dass dieser merkwürdige Fischer zum Kegelklubvorstand gehörte, waren sie sehr beeindruckt von dieser neuen Art der Meditation. Es dauerte nicht lange, bis man an jeder Straßenecke die Gläubigen sitzen sehen konnte, wie sie mit einem Stock in der Hand herumsaßen und beseelt in die Leere starrten. Sie brauchten zum Angeln nicht nur keine Angelschnur, nein, sie brauchten auch keinen Teich oder Bach mehr. Das Angeln als solches wurde eher als ein meditativer Prozess gesehen. Es ging dabei nicht um das Fischefangen im klassischen Sinne, es ging vielmehr darum, der eigenen Seele Herr zu werden. Sie zu erfassen, sie zu begreifen.

Auch Prinzessin Florentine konnte wenig mit dem Reichtum anfangen. Natürlich hätte sie sich längst eine eigene prachtvolle Unterkunft bauen lassen können, doch sie wohnte immer noch gern auf dem Sofa in Knuts guter Stube.

Knut Harmsen kaufte sich einen flotten Sportwagen. Einen knallroten Ferrari 488 mit ganz vielen PS. Der Wagen kam von 0 auf 100 in drei Sekunden und erreichte eine Höchstgeschwindigkeit von 330 km/h. Jedenfalls theoretisch. Schon bei der ersten Spritztour merkte Knut, dass hohe Geschwindigkeiten nicht nach seinem Geschmack waren.

»Ich bin doch keine Mondrakete«, stellte er fest, ließ den schönen neuen Wagen auf dem Hof stehen und fuhr wieder mit dem Trecker.

Der schaffte nie mehr als gemütliche 40 oder höchstens 43 km/h. Ansonsten hatte auch Knut keine weitere Verwendung für all das viele, viele Geld.

Und der Fisch? Knut schlug ihm vor, einen Whirlpool anzuschaffen, einen Springbrunnen oder eine Wasserrutsche. Auch machte er ihn darauf aufmerksam, dass er sich sein Becken vergolden lassen könnte, wenn er Lust dazu hätte. Sogar eine größere Urlaubsreise sei denkbar.

»Wenn du willst, lasse ich dich für ein paar Wochen auf die Bahamas fliegen oder nach Mallorca.«

»Och nö, öch blöbö hör.«

»Die ganzen Spinner werden eben mal eine Weile ohne dich auskommen müssen. Wir kriegen das hin. Also, wenn du dir einen Urlaub leisten möchtest ...«

»Och nö, öch blöbe hör.«

»Hast du denn gar keine Wünsche?«

»Öch mag Wümör. Dö schmöckön gut.«

Natürlich versorgte Knut ihn ab sofort täglich mit frischen Regenwürmern. Und damit der Fisch, auch wenn er keinen besonderen Wert darauf legte, etwas Luxus erfuhr, ließ Knut sie extra aus Taiwan einfliegen. Die asiatischen Würmer unterschieden sich nicht im geringsten von denen aus Heuwede. Der Karpfen versicherte ihm, dass sie auch in geschmacklicher Hinsicht nicht von den hiesigen Würmern zu unterscheiden waren. Doch Knut wollte, dass der Fisch auf jeden Fall exklusives und edles Futter bekam. Das war er ihm schuldig, fand er.

Zwanzigstes Kapitel, in dem sich etwas Ungutes zusammenbraut

Der Bischof saß in einem Klappstuhl auf Knuts Kartoffelacker. Er hielt einen Holzspieß, auf den er ein Würstchen gesteckt hatte, über die Glut des Lagerfeuers. Neben ihm saß der immer fröhliche Frank Brocken. Der war wirklich sehr überrascht, als Thomas ihm im Vertrauen erzählt hatte, dass er den Beruf eines Bischofs ausübte. Vermutlich hatte Frank zunächst geglaubt, Thomas erlaube sich einen Scherz. Das konnte der Geistliche gut verstehen. Immerhin traf man nicht alle Tage einen echten Bischof. Und schon gar nicht privat.

Jedenfalls glaubte ihm sein neuer Freund schließlich und versprach ihm hoch und heilig, niemandem zu erzählen, wen er zeitweilig im Wohnmobil schlafen ließ. Rein aus beruflichen Gründen konnte Thomas leider nicht allzu häufig nach Heuwede kommen, doch immer wenn sich die Gelegenheit bot, nahm er sich ein oder zwei Tage frei, wohnte bei Frank und besuchte so oft wie möglich den weisen Karpfen.

Seit er das tat, konnte er auch wieder einen Sinn in seiner Arbeit sehen. Und in seinem Leben. Nun erzählte er den Leuten wieder gern von Gott und Nächstenliebe und all solchen Sachen, nun sang er die Litaneien der großen heiligen Kirche wieder mit ganzem Herzen. Wenn er dabei auch eher an den Fisch in Heuwede als an den Allmächtigen im Himmel dachte. Es war bloß schade, dass nun, wo er wieder Freude an der Arbeit hatte und Sinn in seinem Beruf spürte, die Kirchen über so wenig Kundschaft verfügten und eigentlich immer leer waren.

Sein Telefon klingelte.

»Halt mal mein Würstchen«, bat er Frank, reichte ihm den Holzspieß und stand auf.

Er kramte in den Taschen, fand es endlich und schaute auf das Display.

»Verdammt!«, fluchte er versehentlich, als er das Wort »Vatikan« aufleuchten sah.

»Da muss ich ran, das ist wichtig.«

Er ging mit dem summenden Telefon in der Hand ein paar Schritte in die Nacht hinein. Als er außer Hörweite war, nahm er das Gespräch an.

Zum Glück war nicht der Papst persönlich am Apparat, sondern sein Chefsekretär.

»Bischof Thomas, wie geht es Ihnen?«

»Danke, ich kann nicht klagen.«

»Haben Eure Eminenz Neuigkeiten über diese geheimnisvolle Sekte gehört?«

Thomas sah sich um, ob irgendjemand etwas von dem Gespräch mitbekommen könnte.

»Nein«, log er, »von diesem ... äh ...« Er tat so, als würde ihm das richtige Wort nicht auf Anhieb einfallen. »Von diesem Dings ... dem Kegelklub und dem ... äh ... *Hecht* habe ich schon lange nichts gehört.«

»Haben Euer Eminenz keine Verbindungen zu diesen Sündern?«

»Selbstverständlich nicht!«

Der Chefsekretär zögerte kurz mit seiner nächsten Frage.

»Wo seid Ihr gerade, hochwürdiger Herr?«

Thomas fühlte, dass er rot wurde.

»Ich ... äh ... ich ...«

»Befindet Ihr Euch in der Nähe von Heuwede?«

»Selbstverständlich nicht!«

»Das ist bedauerlich.«

»Wieso?«

»Nun, in dem Fall hätte Seine Heiligkeit einen kleinen Auftrag für Euch.«

»Ich mache mich gerne auf den Weg. Wie kann ich dienen?«

»Der Heilige Vater hat in seiner Weisheit entschieden, in dieser unappetitlichen Angelegenheit tätig zu werden.«

»Auf welche Weise?«

»Ganz einfach: Der Fisch muss weg.«

»Wie weg?« Thomas fühlte, wie der Boden unter seinen Füßen unangenehm zu schwanken begann.

»Ihr meint ... ich soll ... ich soll ihn umbringen?«

»Aber nein, Exzellenz, für derlei Aufgaben haben wir geeignetere Diener. Ihr braucht uns lediglich die Informationen zu beschaffen, die wir für eine solche Mission benötigen. Wird das Tier bewacht? Wie kann man zu ihm gelangen? Und solche Sachen.«

»Aber gibt es denn keinen anderen Weg? Muss man ihn denn gleich ... beseitigen?«

»Eure Eminenz, es ist ein *Fisch*!«

»Es ist ein Geschöpf Gottes, oder nicht?«

»Ja, vermutlich.«

»Hat Jesus Christus nicht selbst gesagt: ›Was du dem geringsten meiner Brüder antust...‹.«

»Hochwürdiger Herr, ich habe nicht die Absicht, theologische Feinheiten mit Euch zu diskutieren. Der Heilige Vater hat gemeinsam mit den obersten Vertretern aller wichtigen Religionsgemeinschaften eine praktikable Lösung erarbeitet. Weder Euch noch mir steht es zu, diese anzuzweifeln oder zu bewerten. Wir haben zu dienen und zu schweigen. Sind wir uns darin einig?«

Der Bischof nickte, was der Chefsekretär des Papstes natürlich nicht sehen konnte.

»Ob wir uns einig sind in der Treue zur heiligen Kirche und zum Stellvertreter Christi auf Erden, möchte ich von Euch wissen.«

»Ja, natürlich.«

»Nun denn, so hört Euren Auftrag. Ihr werdet Euch unverzüglich auf den Weg in dieses Dorf machen. Am besten wird es sein, wenn in dieser Sache niemand erfährt, wer Ihr seid. Tut einfach so, als wäret Ihr ebenfalls dieser üblen Sekte verfallen. Wenn Ihr dort seid, hört Euch um, schließt Freundschaften und sammelt Informationen. Ich erwarte jeden Abend einen kurzen telefonischen Bericht. Beizeiten werde ich Euch mitteilen, wie Ihr weiter vorzugehen habt.«

»Sehr wohl, ich mache mich gleich auf den Weg.«

Der Bischof ließ den Apparat in die Hosentasche gleiten und sah hinauf zum Sternenhimmel.

»Was mache ich jetzt bloß? Zum Judas werden und den Karpfen verraten? Oh nein, das kann ich nicht. Oh Herr, schicke mir ein Zeichen!«

Es raschelte im Gestrüpp. Thomas zuckte erschreckt zusammen. War er belauscht worden?

»Ist da jemand?«, rief er ängstlich. Das Rascheln entfernte sich. Erleichtert kam Thomas zu der Vermutung, dass da irgendein Tier durch die Brennnesseln schlich, vielleicht eine Maus.

In diesem Punkt täuschte sich der Bischof allerdings gewaltig. Zwar war sein Telefonat nicht belauscht worden, doch es war auch keine harmlose Maus, die da durch die Nacht raschelte. Es war Tante Berta. Seit einer Weile fühlte der Kater sich fitter und beweglicher. Auch hatte er wieder Freude daran, hübsche Katzen zu begatten und durch die Gegend zu streunen. In dieser Nacht war er wie so oft auf dem Weg zum Karpfen. Vielleicht ergab sich in der Dunkelheit endlich die Gelegenheit, in das große Haus zu gelangen und sich den Leckerbissen zu schnappen. Was waren das doch für wunderbare Zeiten gewesen, als er bloß auf der Sofalehne zu liegen brauchte und zuverlässig jeden Tag von den Zweibeinern mit Karpfen versorgt wurde. Inzwischen hatte sich so einiges geändert. Von einem Tag auf den anderen hatte es plötzlich keinen Fisch mehr gegeben. Stattdessen Dosenfutter. Das war zwar auch nicht übel, aber es ging doch nichts über eine köstliche Karpfenmahlzeit. Seine größte Sehnsucht war es, endlich mal wieder ein schönes Stückchen frischen Fisch zwischen die Zähne zu bekommen. Allerdings hatte Tante Berta keine Ahnung, wie er den fetten Brocken aus dem Wasser kriegen sollte. Einmal hatte er die Gelegenheit gehabt, das große Becken zu sehen. Wunderbarer Karpfenduft war zum Kater herübergeweht. Und da konnte er durch die offene Tür das Fischbecken sehen. Die Wände waren steil und das Wasser tief. Tante Berta hasste Wasser. Es war so verflucht nass. Doch in diesem Wasser schwamm ein wunderbarer Karpfen herum. Der musste doch irgendwie zu kriegen sein!

Nicht weit entfernt vom Lager des Bischofs und Franks Wohnmobil hatten drei Veganerinnen ihr Zelt aufgebaut. Eine von ihnen war laktoseintolerant.

»Seht mal, da schleicht ein Kätzchen herum!«, rief eine Veganerin entzückt.

»Oh ja, das ist wirklich niedlich«, sagte die zweite Veganerin.

»Könnt ihr endlich mal leise sein?«, meckerte die Veganerin mit der Laktoseintoleranz aus dem Zelt heraus. »Es ist Schlafenszeit!«

Direkt neben den Veganerinnen hatte Sebastian sein Lager aufgeschlagen. Es war jener Sebastian, der vor vielen Jahren von seinem Vater verstoßen worden war, weil er aus Tierliebe das Metzgerhandwerk nicht erlernen wollte, der Bruder der späteren Schlachtermeisterin und Prinzessin Florentine. Sebastian stimmte der Laktoseintoleranten zu: »Richtig, wenn morgen früh alles klappen soll, müssen wir bald wieder aus den Federn. Also, gebt endlich Ruhe, Mädels.«

Einundzwanzigstes Kapitel, in dem ein Trauerfall zu beklagen ist

Florentine war gerade mit ihrer Morgengymnastik beschäftigt, als Knut ohne anzuklopfen in das Wohnzimmer platzte und japste wie ein Fisch auf dem Trocknen.

»Was machst du denn hier?«, fragte sie ihn.

»Um diese Zeit bist du doch sonst immer beim Karpfen und liest ihm aus der Zeitung vor.«

Sie beugte sich mit durchgestreckten Beinen nach vorne und berührte mit den Fingerspitzen ihre Zehen, richtete sich wieder auf und reckte die nach oben gerichteten Armen weit nach hinten. Dabei machte sie ein Hohlkreuz, als sei ihre Wirbelsäule aus Gummi.

»Aber wenn du schon hier bist, kannst du mir gern einen Kaffee bringen«, sagte sie mit gepresster Stimme. Knut antwortete nur, indem er wortlos keuchte.

»Was stöhnst du so?«

Die Prinzessin beendete die Turnübungen und sah zu Knut. »Meine Güte, du bist ja leichenblass!«

Sie schob ihn zu ihrem Wohnsofa.

»Setz dich, leg die Füße hoch, herrjemine, wenn das Mal kein Herzinfarkt ist. Streck die Arme nach oben, nee, lass sie hängen, keine Ahnung, hast du Schmerzen?«

»... der Fisch ...«, brachte Knut endlich über die Lippen. Florentine legte ihm prüfend die Hand auf die feuchte Stirn.

»Fieber hast du nicht«, sagte sie. »Du bist eher unterkühlt.«

»... er ist ...«

»Soll ich einen Arzt rufen?«

»... Polizei ... Feuerwehr ... Was weiß ich?«

»Du bist ja völlig durch den Wind«, diagnostizierte die Prinzessin fachmännisch, stopfte ihm ein Kissen in den Rücken und legte eine Wolldecke über seine Beine.

»Der Fisch ist weg«, brachte Knut endlich raus und strampelte die Decke weg.

»Wie weg?«

»Na weg eben.«

Er hielt sich die Hand vor die Augen. »Nicht mehr da. Verschwunden! Fort! Futsch! Keine Ahnung! Einfach weg!«

Die Prinzessin setzte sich neben Knut auf das Sofa und ergriff seine Hand. In den Arm nahm sie ihn nicht. Sie wusste, das konnte er nicht leiden.

»Ja und nun?«

»Weiß nicht.«

Knut schüttelte den Kopf und wiederholte: »Weiß nicht, weiß nicht, weiß nicht.«

»Na, ich mach dir einen Kaffee.«

Das tat sie dann auch. Sie brachte ihm einen großen Becher auf das Sofa. Leider wussten beide trotzdem nicht, was in einem solchen Fall zu tun war.

»Ich wollte ihm wie immer aus dem Weser-Kurier vorlesen. Hab noch gedacht: ›Oh, heute steht was über Werder Bremen drin, da wird er sich freuen.‹ Er interessiert sich für Fußball, weißt du? Auch wenn er das Spiel nicht richtig versteht.«

Knut kam in Fahrt und redete ohne Punkt und Komma, erzählte, wie er das leere Becken vorgefunden hatte. Er hatte den Fisch dann gerufen und die ganze Kathedrale nach ihm abgesucht. Das war bei genauer Betrachtung natürlich sinnlos, denn der Karpfen würde wohl kaum aus einer Laune aus dem Wasser steigen und spazieren gehen.

»Hast du irgendetwas Auffälliges gesehen? Gibt es Spuren?«

»Nee, da war nichts.«

»Keine aufgebrochene Tür? Nichts?«

»Wozu sollte denn jemand die Tür aufbrechen? Die ist doch nie abgeschlossen.«

»Das glaub ich jetzt nicht!«, rief die Prinzessin. »Die Türen zur Fisch-Kathedrale stehen immer offen? Wieso? Das ist doch eine Einladung für jeden Einbrecher!«

»Ach, Florentine, hier auf dem Land passiert doch nichts. Ich schließe nie ab. Ich hätte das Gefühl, ich würde den Fisch einsperren. Und das tut man nicht mit Freunden.«

»Hättest du es getan, dann würde er wahrscheinlich jetzt noch seine Runden im Becken ziehen.«

Darauf gab Knut keine Antwort. Er glotzte bloß die Wand an.

»Und nun?«, fragte er schließlich. »Was machen wir denn jetzt?«

»Ich weiß auch nicht.«

Die Prinzessin seufzte. Nachdem sie eine Weile ebenfalls die Wand angestarrt hatte, stand sie auf und sagte: »Krisensitzung! Ich rufe alle zusammen.«

»Wen?«

»Na den Klubvorstand. Alle eben. Dann können wir uns gemeinsam etwas überlegen.«

Sie ging zum Telefon und rief Freya, den Maler und den Pastor an. Alle drei versprachen, sofort zu kommen. Lena konnte sie nicht erreichen. Sie hinterließ ihr auf der Mailbox eine Nachricht: »Hallo Lena, hier spricht Florentine, es ist etwas passiert. Komm bitte schnell auf Knuts Hof. Der Vorstand trifft sich zur Krisensitzung. Wenn du möchtest, kannst du ja auch deinen Mann mitbringen. Oder auch nicht. Spielt ja keine Rolle, aber bitte beeil dich.«

Kurz darauf saß der Kegelklubvorstand bis auf das Bürgermeisterpaar und dem Fisch in der Küche. Knut stand am Herd und machte Strammen Max für alle.

»Das ist gut für die Nerven«, behauptete er. »Wenn der Bauch voll ist, funktioniert das Gehirn viel besser.«

Er verteilte die mächtig beladenen Teller.

»Das hängt mit der Durchblutung zusammen.«

Er fing an zu essen.

»Also Leute denkt nach«, sagte er kauend, »wie findet man einen entlaufenen Fisch?«

»Oder einen entführten«, gab der Pastor zu bedenken.

Knut ließ die Gabel sinken.

»Wieso entführt, Pfaffe?«

»Nenn mich nicht ... Ach, ist auch egal.«

»*Paul* hat Recht«, sagte Freya und betonte dabei den Namen des Pastors, »ganz alleine kann der Karpfen nicht verschwunden sein.«

»Wer ist Paul?«

»Der Pfaffe.«

»Ach so.« Nun konnte Knut wieder weiterkauen. Langsam und nachdenklich.

Ein bisschen wie eine Kuh, die wiederkäut, dachte der Maler, traute sich aber nicht, das zu sagen.

»Ihr glaubt also«, sagte Knut, »der Karpfen wurde entführt?«

»Sieht ganz danach aus.«

»Das ist noch gar nicht sicher«, meinte Freya. »Vielleicht ist er irgendwie anders weggekommen.«

»Wie sollte ein Fisch denn ›anders wegkommen‹? Zu Fuß?«

»Wir können also zusammenfassen«, rief die Prinzessin dazwischen, »dass wir gar nichts wissen, außer das der Karpfen weg ist.«

»Richtig«, sagte der Maler. »Und bevor wir bloß rumsitzen und nichts tun, sollten wir uns umsehen. Vielleicht finden wir irgendwas, irgendeinen Hinweis. Und du, Knut, du bleibst besser hier.«

»Wieso das denn? Wenn sich hier jemand auf die Suche ...«

»Denk doch mal nach. Einer muss am Telefon sitzen, falls die Entführer sich melden.«

Das sah Knut dann ein, wenn auch zähneknirschend.

»Und wenn wir nichts finden und sich niemand meldet, sollten wir spätestens morgen zur Polizei gehen.«

»So machen wir das, aber wir müssen aufpassen, dass die verrückten Fisch-Jünger nichts mitkriegen. Eine Massenhysterie können wir nun wirklich nicht gebrauchen.«

Knut klatschte sich mit der flachen Hand auf die Stirn. »Die Spinner, verflixt, die stehen schon Schlange. Es ist nach zehn.«

Ein kurzes ratloses Schweigen machte sich im Raum breit.

»Dann müssen wir eben schließen«, grummelte Knut schließlich. Er nahm den Land-und-Forst-Kalender von der Wand und riss ein Monatsblatt ab. Mit einem dicken Filzstift schrieb er auf die Rückseite: »Wegen Krankheit vorübergehend geschlossen.«

Das Blatt gab er dem Maler und befahl: »Das hängst du jetzt an die Tür der Fisch-Kathedrale.«

»Jawoll!« Der Künstler grüßte militärisch und verließ mit dem Kalenderblatt die Küche.

»Und schließ die Tür ab, nicht dass es noch mehr Ärger gibt«, rief Florentine ihm nach.

Ungefähr elfeinhalb Minuten später war der Maler wieder zurück. »Auftrag ausgeführt«, meldete er.

»Und?«, fragte Knut ihn. »Hat jemand was dazu gesagt.«

»Ein paar Leute murrten ein bisschen, ein paar haben gefragt, ob es was Ernstes sei und wie es dem Fisch gehe.«

»Und was hast du geantwortet?«

»Nichts Konkretes. Ich habe gesagt, dazu könne ich leider nichts sagen.«

Es klopfte an der Haustür.

»Komm rinn«, rief Knut.

Die Tür öffnete sich und Lena trat ein. In ihrem Gesicht war deutlich zu sehen, dass sie geweint hatte.

»Du weißt es schon?«, fragte Freya überrascht. »Woher?«

Lena schniefte.

»Jemand hat mich angerufen. Ich hab das arme Tier auch gleich abgeholt.«

»Du hast was?« Knut sprang auf und warf dabei versehentlich den Stuhl um, auf dem er gesessen hatte.

»Du hast ihn geholt?«, fragte die Kräuterhexe. »Und wo ist er jetzt?«

»Hab ihn schon beerdigt. Im Garten. Deswegen komme ich so spät.«

Knut ließ sich fallen. Wäre der Maler nicht so geistesgegenwärtig gewesen, ihm den Küchenstuhl unterzuschieben, so wäre Knut auf den Fliesen gelandet.

»War kein schöner Anblick«, meinte Lena. »Er war platt wie eine Flunder.«

»Das kannst du doch nicht einfach so tun.« Knuts Stimme klang heiser. »Ich hätte meinen Freund gerne hier auf dem Hof bestattet. Das bin ich ihm doch schuldig.« Seine Augen wurden feucht.

Lena sah ihn überrascht an.

»Entschuldige Knut.« Sie legte sanft ihre Hand auf seinen Unterarm. »Ich wusste gar nicht, dass du so an dem Kater hängst.«

»Was für ein Kater?«

»Tante Berta. Jemand hat ihn überfahren.«

Lena war irritiert, da Knut nun aufsprang, erneut den Stuhl umstieß und jubelte: »Tante Berta ist tot! Es lebe der Karpfen!«

Zweiundzwanzigstes Kapitel, in dem ... Wo, zum Teufel, ist der Fisch? Und was will der Papst in Knuts Küche?

Der Vorstand des Kegelklubs schwärmte aus, um den Karpfen zu finden. Bloß Knut und der Bürgermeister nahmen nicht an der großen Suchaktion teil. Der Bauer blieb nervös im Haus, um das Telefon zu hüten und der Bürgermeister saß in aller Seelenruhe am Teich und angelte. Wie üblich ohne Schnur und Haken. Er wusste nicht einmal, dass der Fisch verschwunden war. Einige Jünger hatten sich um ihn versammelt und hielten ebenfalls Zweige oder irgendwelche Ruten über das fischlose Wasser.

»Du musst nicht unbedingt mitkommen«, sagte Freya zu ihrer Freundin Lena. »Wenn du lieber in Frieden um Tante Berta trauern möchtest, kannst du dich auch ein bisschen ausruhen. Du könntest dich zu Jochen an den Teich setzen oder ein Vormittagsschläfchen machen. Du kannst alles tun, was dir hilft, über diesen traurigen Verlust hinwegzukommen.«

»Lieb von dir, Freya, aber es ist ganz gut, wenn ich was zu tun habe. Warum also nicht einen entlaufenen Karpfen suchen?«

Die nächsten Stunden waren anstrengend und im Ergebnis unerfreulich. Die Mitglieder des Klubvorstandes suchten die ganze Gegend ab, ohne etwas zu finden. Natürlich hatte niemand damit gerechnet, den Karpfen irgendwo auf einer Parkbank herumsitzen zu sehen, doch auf irgendeine Spur hatten sie schon gehofft. Am Abend versammelten sie sich traurig und frustriert in Knuts Küche. Bloß der Bürgermeister nicht, der saß noch am Teich und angelte.

»Ich hole ihn ab, wenn ich nach Hause gehe«, erklärte Lena.

Ansonsten redeten sie nicht viel. Ab und an seufzte jemand oder sagte sowas wie: »Wo mag er bloß sein?« Oder: »Ach ja, das ist schon traurig.«

Daraufhin seufzten dann die anderen zustimmend.

»Ich hoffe bloß«, sagte Knut, »ihr seid vorsichtig gewesen und keiner von den Spinnern hat was mitgekriegt.«

»Keine Sorge«, sagte der Pastor. »Wir haben aufgepasst. Niemand da draußen ahnt etwas.«

»Wir sind ja nicht blöd«, warf der Maler ein. »Die Fisch-Jünger wären längst durchgedreht, wenn sie was spitzgekriegt hätten. Ich möchte nicht erleben, wie all diese verrückten Pilger noch verrückter werden. Wer weiß, was sie dann anstellen.«

Die Kräuterhexe meinte schließlich: »Mal sehen, was die Polizei ausrichten kann. Es bleibt doch dabei, oder? Wenn sich bis morgen kein Entführer gemeldet hat, rufen wir die Polizei.«

Knut wollte gerade »Jooh« sagen, da klopfte es an der Tür.

»Komm rinn!«

Die Tür öffnete sich und der Papst trat ein. Jedenfalls glaubte Knut das im ersten Moment.

»Guten Abend«, säuselte der Fremde schüchtern.

»Moin, Herr Papst«, begrüßte Knut ihn und bot ihm mit einer Geste einen Stuhl an.

»Oh nein, ich bin nicht der Heilige Vater, ich bin lediglich sein ergebener Diener.«

»Ah, ein Diener. Hätte ich nicht gedacht.«

»Sie sind ein Bischof, nicht wahr?«, fragte Freya.

»So ist es.«

Thomas hatte für diesen wichtigen Anlass ein feierliches Gewand angelegt und sich die Mitra auf das Haupt gesetzt. Außerdem hielt er in seiner rechten Hand den Hirtenstab und in der linken eine Aktentasche. Er wollte Würde und Wichtigkeit ausstrahlen. Doch nun hatte er das Gefühl, nicht passend gekleidet zu sein.

»Ich möchte gern den Hohepriester des Fisches sprechen.« Er sah dem Landwirt, der ihm den Stuhl angeboten hatte, ins Gesicht. »Unter vier Augen.«

»Nee«, sagte Knut, »meine Freunde bleiben. Setz dich, Papst. Ich wollte gerade einen Strammen Max machen. Hast du Hunger?«

Zögernd setzte er sich auf den zugewiesenen Stuhl und balancierte die schwarze Aktentasche auf den Knien.

»Also, was is? « fragte Knut und hantierte am Herd herum.

»Was ist bitte ein Strammer Max?«, fragte der Bischof.

»Das ist eine Scheibe Brot mit Schinken, drei Spiegeleiern und einer sauren Gurke«, erklärte ihm Knut. »Man kann auch Mettwurst statt Schinken nehmen, aber mit Schinken is besser.«

»Für mich gerne«, sagte die Prinzessin.

»Und für mich«, meldete sich der Maler. »Suchen macht hungrig.«

»Ich hätte auch gerne eine Portion.« Lena hob die Hand.

»Für mich bitte ohne Schinken und ohne Mettwurst«, bat Freya.

Routiniert machte Knut sechs Teller fertig und verteilte sie.

»Man kann besser denken, wenn der Bauch voll ist«, behauptete Knut. »Das hat mit der Durchblutung im Gehirn zu tun.«

»Gibt es hier keinen Tisch?«, fragte der Bischof.

»Nee«, sagte Knut. Er war noch nicht dazu gekommen, einen neuen zu besorgen, nachdem er auf die Tischplatte die Öffnungszeiten geschrieben und sie an die Scheune geschraubt hatte. Also balancierte der Bischof den Teller auf der schwarzen Aktentasche, die er wiederum auf seinen Knien balancierte. Den Hirtenstab hatte er an den Kühlschrank gelehnt. So hatte er beide Hände frei, um zu essen.

»Nicht schlecht«, sagte er kauend. »Wirklich nicht schlecht, so ein Max. Gibt es auch etwas zum Runterspülen?«

»Im Flur steht ein Kasten Bier«, sagte Knut. »Florentine, du stehst an der Tür, sei doch so freundlich ...«

Die Prinzessin ließ sich nicht lange bitten, holte ein paar Flaschen und verteilte sie. Der Maler bekam seine Zitronenlimonade. Die

Stimmung wurde allmählich besser. Es wurde sogar wieder gelacht.

»Sag mal, Papst, warum bist du eigentlich hergekommen?«, fragte Knut, während die anderen Bier oder Limonade tranken und sich laut Witze erzählten.

»Ich würde wirklich lieber unter vier Augen ...«

»Nix da, meine Freunde bleiben so lange sie wollen. Außerdem hören sie uns sowieso nicht zu. Also spuck es aus.«

»Der Heilige Vater hat mich beauftragt, Ihnen den Fisch abzukaufen.«

»Was?«

»Der Wunderkarpfen. Ich möchte ihn kaufen.«

Er stellte den Teller auf den Boden und öffnete die Aktentasche. Sie war mit dicken Geldbündeln gefüllt.

»Gerne überlasse ich Ihnen diesen Koffer.«

»Du willst mir das Geld da geben? Für den Fisch?«

»Wenn Sie es nicht ausreichend finden, betrachten Sie es als Anzahlung und nennen Sie mir Ihren Preis.«

»Es gibt keinen Preis. Der Karpfen wird nicht verkauft.«

»Aber der Heilige Vater ist bereit, eine wirkliche hohe Summe ...«

»Nix da. Bin doch kein Fischhändler.«

»Aber der Heilige Vater ...«

»Dein Heiliger Vater kann mir den Buckel runterrutschen.«

Das sagte Knut mit einer solchen Entschlossenheit, dass der Bischof die Verhandlung aufgab, höflich aber knapp einen guten Abend wünschte und das Haus verließ.

»Wenn Sie es sich anders überlegen«, sagte er noch, »steht meine Tür immer für Sie offen.« Dabei war ihm allerdings klar, dass dieser Knut Harmsen niemals seine Meinung ändern würde. Kurz darauf telefonierte der Bischof mit dem Chefsekretär des echten Papstes. Der war über die Entwicklung dieser Angelegenheit verärgert, sah aber ein, dass gegen die Sturheit eines norddeutschen Dickschädels nichts auszurichten war.

»Wir werden sehen, wie die Sache sich entwickelt. Ihr bleibt am besten vor Ort und beobachtet alles. Bis auf Weiteres werden wir wohl nichts mehr unternehmen können.«

Knut rief am nächsten Morgen die Polizei an, um das Verschwinden des Karpfens zu melden. Die Prinzessin stand neben ihm und lauschte aufgeregt dem Telefonat. Der Polizist nahm die Angelegenheit zunächst nicht ganz ernst. Offensichtlich glaubte er, Knut wolle sich einen Scherz erlauben.

»Soso, Ihnen ist also Ihr Fisch abhandengekommen.«

»Jooh.«

»Sie wissen aber schon, dass es strafbar ist, die polizeiliche Leitung für irgendwelche Albernheiten zu blockieren?«

»Och, naja.«

Florentine nahm ihm den Hörer aus der Hand und blaffte den Polizisten an: »Hören Sie, dass hier ist kein dämlicher Witz! Dieser Fisch ist ein besonderer Fisch, von unschätzbarem Wert und offensichtlich wurde er entführt! Wenn das an die Öffentlichkeit kommt, wird es zu Unruhen kommen. Das gibt eine Katastrophe, sage ich Ihnen, eine Massenhysterie! Viele Leute verehren diesen Karpfen. Menschen aus aller Welt sind angereist, um ihn zu sehen. Wenn die erfahren, dass er ... Es wird Tote geben!«

Schließlich begriff der arme Polizist, dass es sich um den berühmten Heuweder Karpfen, den sprechenden Wunderfisch handelte. Stotternd versprach er, sich der Sache anzunehmen und so schnell wie möglich die notwendigen Schritte in die Wege zu leiten. Außerdem bat er darum, niemandem von dieser brisanten Angelegenheit zu erzählen. Nervös informierte er sofort seinen Vorgesetzten, der wiederum seinen Vorgesetzten informierte.

Am frühen Nachmittag klopfte der niedersächsische Landespolizeipräsident an Knuts Tür.

Dreiundzwanzigstes Kapitel, in dem die Leserinnen und Leser erfahren, was mit dem Fisch geschehen ist – und es in Heuwede es zu Unruhen und Krawall kommt

Auf einer Holzbank vor dem Café Lindenlaub in Quelkhorn saßen die drei Veganerinnen. Sie waren etwas geknickt, denn als sie Gutes tun wollten, hatten sie mit ihrem alten Ford Escort unglücklicherweise eine Katze überfahren. Die Laktoseintolerante hatte noch versucht, das arme Tier wiederzubeleben, leider ohne Erfolg. Der einst so fette Kater war platt wie eine Briefmarke und sah nicht mehr sehr appetitlich aus.

Sebastian Klose hatte die Katze bereits vergessen. Er schleckte genüsslich an seinem Joghurt-Holunder-Eis und gesellte sich zu den Freundinnen.

»Na Mädels, das hat ja prima geklappt!« Er strahlte über das ganze Gesicht. »Wieder ein Tier befreit, wieder Tierleid beendet!«

»Bloß traurig, dass die Katze ...«, sagte die Veganerin mit der Laktoseintoleranz.

»Ach was, das war ein Unfall. Schicksal«, behauptete Sebastian. »Hauptsache ist: Wir haben wieder eine unterdrückte Kreatur aus der Knechtschaft befreit.«

»Ja«, sagte eine Veganerin, »wenigstens einen Fisch.«

»Stellvertretend«, sagte die zweite Veganerin, »für all die unterdrückten und ausgebeuteten Tiere dieser Welt.«

»Obwohl«, gab die Laktoseintolerante zu bedenken, »ich mir gar nicht so sicher bin, ob wir diesen Fisch wirklich zu den Tieren zählen können.«

»Und wieso nicht?«, fragte die erste Veganerin.

»Ja genau! Wieso denn nicht?«, fragte die zweite Veganerin.

Sebastian fragte nichts und sagte nichts.

»Immerhin hat er zu uns gesprochen. Mit richtigen Worten«, hauchte die Laktoseintolerante. »Und er hat mich nach meinen Namen gefragt.«

»Daran kannst du deutlich erkennen. wie degeneriert das Tier schon ist«, entrüstete sich die erste Veganerin. »Das ist doch kein natürliches Fischverhalten!«

»Gut, dass er jetzt frei ist«, sagte die zweite Veganerin. »Gut, dass wir ihn in den Fluss gesetzt haben.«

»Ja, es ist ein Freudentag für den Fisch und für alle, die ein Herz für unterdrückte Kreaturen haben«, jubelte die erste etwas lahm.

Vielleicht hätte Freya sich mit den Veganerinnen gut verstanden. Leider sollte sie die drei nie kennenlernen, denn direkt nach diesem Gespräch brachen sie auf und fuhren in ihrem alten Ford Escort nach Schleswig-Holstein für eine weitere Tierbefreiungsaktion.

Sebastian stellte sich lieber wieder an, um sich ein zweites Eis zu holen. Er hatte nur für diese Aktion die drei Veganerinnen getroffen. Vielleicht würden sie sich in ein paar Wochen erneut für eine weitere Tierbefreiung verabreden.

Vor Sebastian bestellte sich eine Frau eine Kugel Schokoladen- und eine Kugel Bananeneis.

Die Prinzessin stand vor dem Café Lindenlaub an der Eistheke. Bekanntlich gab es hier das beste Eis der Welt. Als sie sich mit der Eistüte in der Hand umdrehte und gehen wollte, blieb sie mit offenem Mund stehen. Sie sah einem Fremden ins Gesicht, der ihr merkwürdig bekannt vorkam.

»Entschuldigung«, sagte er, »würden Sie mich bitte vorbeilassen. Ich hätte auch gerne ein Eis.« Dabei lächelte er ein Lächeln, wie es Florentine seit vielen Jahren nicht mehr gesehen hatte.

»Basti?– Bist du das?«

»Verzeihung kennen wir uns?«

»Das will ich wohl meinen, ich bin deine kleine Schwester.«

Eine Sekunde später, vielleicht waren es auch anderthalb, lagen sich die beiden in den Armen. Florentine ließ ihr Schoko-Bananeneis in seinen Nacken tropfen und wiederholte ständig: »Ich fasse es nicht, ich fass es einfach nicht!«

Sie setzten sich auf die Holzbank und erzählten sich gegenseitig, wie es ihnen ergangen war, nachdem Sebastian in seiner Jugend vom väterlichen Schlachtermeister aus dem Haus gejagt worden war. Florentine berichtete, wie sie zunächst Metzgerin und dann Prinzessin geworden war, wie sie als Motorradakrobatin durch die Welt gezogen war und schließlich Bestattungsunternehmerin und Schwimmbeckenbauerin wurde.

»Tja, und nun verwalte ich den berühmten Kegelklub und gehöre sogar zum Vorstand.«

Sebastian erzählte nun von seinem Werdegang. Den Lebensunterhalt hatte er sich mit dem Handel von vegetarischen Fleischersatzprodukten verdient, doch nun war er schon seit einigen Jahren in Rente. Zeit seines Lebens hatte er politische Aktionen, die nicht immer ganz legal waren, für den Tierschutz geplant und durchgeführt. Außerdem hatte er eine Familie in Hamburg gegründet, war sogar schon Großvater.

»Ist nicht wahr!«, rief Florentine entzückt aus.

»Wenn ich es doch sage.« Er zog aus seiner Brieftasche ein paar Fotos von seinen Enkelkindern.

Während die Prinzessin und ihr Bruder ihr Wiedersehen feierten, saß Knut mit dem Polizeipräsidenten in der Küche. Beide balancierten Teller auf den Knien und aßen Strammen Max.

»Nicht schlecht, Knut, das ist jetzt genau das Richtige.«

»Jooh, Polizeichef, wenn man was im Bauch hat, kann man besser denken. Das hängt mit der Durchblutung zusammen.«

»Das mag wohl sein.« Der Polizeipräsident strich sich glücklich seufzend über den Bauch. Um abzunehmen, hatte er sich seit Tagen ausschließlich von kalorienarmer Rohkost ernährt. »Auf Dauer braucht man doch was Handfestes. Gibt es auch was zu trinken?«

»Da steht noch ein Kasten Bier im Flur.«

»Geht nicht, ich bin im Dienst.«

Daraufhin bot Knut ihm Zitronenlimonade an, die er immer für den Maler im Haus hatte. Erfreut nahm der Polizeipräsident an und trank die Flasche in einem Zug halbleer.

»Also, Polizeichef, was machen wir nun?«

»Für mich nichts mehr.« Der Beamte versuchte vergeblich einen Rülpser zu unterdrücken. »Ich bin rappelsatt.«

»Ich meine: Was machen wir in der Fischsache? Wann schickst du die Suchtrupps los? Wird eine Hundestaffel dabei sein? Ein Hubschrauber mit Wärmebildkamera oder was? Wie geht es jetzt weiter? Was machen wir?«

»Leider können wir zum jetzigen Zeitpunkt nicht viel unternehmen. Wir müssen stillhalten, bis die Entführer sich melden, denn von einer Entführung können wir wohl ausgehen. Der Fisch kann ja nicht anders weggekommen sein.«

»Und da willst du einfach *nichts* machen? Wie lange sollen wir denn noch warten?«

»Lieber Knut, ich verstehe deine Sorge. Normalerweise melden sich die Täter bereits nach ein paar Stunden. Immerhin wollen sie nicht riskieren, dass die Polizei eingeschaltet wird. In diesem Fall brauchen sie scheinbar etwas länger. Das kann schon mal vorkommen. Wir müssen geduldig sein. Vor allem müssen wir garantieren, dass nichts an die Öffentlichkeit gerät. Nicht auszudenken, wie all die Leute reagieren werden.«

Zur gleichen Zeit ertönten die ersten unzufriedenen Sprechchöre in Heuwede.

»Wir-wollen-zum-Fisch!«, skandierten wütende Kegelklubmitglieder. »Wir-wollen-zum-Fisch!«

Bald wurden die ersten Steine gegen die Kathedrale geschleudert.

»Kein Fisch – kein Frieden!«, riefen die Leute bedrohlich. Und nachdem die ersten Steine geflogen waren, folgten weitere. Die prächtigen Scheiben klirrten. Etliche vermummte Fisch-Jünger versuchten, gewaltsam in das Gebäude zu gelangen. Zum Glück waren Einheiten der Polizeibereitschaft aus Oldenburg schnell zur Stelle. Sie forderten weitere Kräfte aus ganz Niedersachsen, Bremen und den benachbarten Bundesländern an. Lange mussten sie nicht auf Verstärkung warten. Allerdings bekamen auch die empörten Bürger massive Unterstützung. Von überallher kamen Demonstranten aus jeder erdenklichen politischen Richtung. Selten waren sich die Rechten und die Linken so einig, wie bei den Krawallen in Heuwede.

»Kein Fisch – kein Frieden!« wurde zum Schlachtruf des Volkes. Scheiben der umliegenden Häuser wurden zornig zerschlagen, herumstehende Autos wurden umgekippt oder mit Molotowcocktails beworfen. Oder beides. Schwarz vermummte Chaoten zogen plündernd und randalierend durch Heuwede.

»Wir-wollen-zum-Fisch!«

Um die Polizeikräfte zu behindern, wurden Barrikaden errichtet und in Flammen gesetzt.

»Kein Fisch – kein Frieden!«, riefen sie tausendfach. Die aufgebrachte Masse schleuderte Steine und Brandsätze gegen die Ordnungshüter. Die versuchten ihrerseits der Lage mit Wasserwerfern und Tränengas Herr zu werden. Blut und Tränen flossen auf beiden Seiten.

»Und willst du immer noch abwarten, Polizeichef?«, fragte Knut den Polizeipräsidenten, als sie abends gemeinsam die Tagesschau ansahen.

»Ich weiß nicht. Was soll ich bloß tun?«

Der Karpfen bekam von all dem Trubel nichts mit. Er schwamm seelenruhig und zufrieden im Nordarm der Wümme herum. Gemächlich paddelte er hin und her. Ließ sich ein paar Meter von der sanften Strömung treiben und schwamm wieder ein Stückchen zurück. Kurz dachte er darüber nach, wo er eigentlich war und wo er herkam. Dabei fraß er etwas, von dem er nicht mehr wusste, wie es genannt wurde. Es zappelte angenehm im Maul und schmeckte vorzüglich. Nach einer Weile traf er eine wunderschöne Karpfendame, in die er sich augenblicklich verliebte. Vermutlich war sie bei der letzten Überschwemmung aus einem Teich ausgebüxt. Die Dame war nicht besonders gesprächig, also brauchte der Fisch selbst nicht viel zu reden. So fiel es gar nicht auf, dass er beinahe sofort alles wieder vergaß. Die beiden zeugten ein paar tausend Kinder und wurden sehr glücklich miteinander.

Vierundzwanzigstes Kapitel, in dem der Maler eine gute Idee hat und der Bischof für etwas beschimpft wird, für das er nichts kann

Der Bundesinnenminister, der niedersächsische Polizeipräsident und Knut saßen in der Küche und waren ratlos. Knut hatte den Gästen einen Strammen Max angeboten, doch niemand wollte etwas essen.

»Ist vielleicht auch gut so«, meinte Knut. »Ich habe keine Gürkchen mehr. Und die gehören einfach dazu, ohne sie ...«

»Da draußen geht die Welt unter!«, motzte der Minister. »Und Sie machen sich Gedanken um *Gürkchen*!« Er stand auf und ging nervös auf und ab. »Es tobt das Chaos auf den Straßen und Sie reden von ausgerechnet von blöden *Gürkchen*.«

Tatsächlich herrschten in dem einst so idyllischen Heuwede nach wie vor bürgerkriegsähnliche Zustände. Die Polizei sah sich gezwungen, Schlagstöcke, Gummigeschosse und Rauchgranaten einzusetzen. Die zornigen Volksmassen reagierten ungebrochen mit Sprechchören, Brandsätzen und Steinhageln. So ging es hin und her. An Deeskalation war nicht zu denken.

»Bald werde ich den Notstand ausrufen müssen«, grummelte der Minister.

Es klopfte an der Tür.

»Komm rinn!«, rief Knut und der Maler trat ein.

»Moin«, grüßte er. »Meine Güte, was für ein Theater. Dein ganzer Hof ist von Sicherheitskräften umstellt. Die wollten mich erst gar nicht durchlassen.«

»Das sind leider notwendige Schutzmaßnahmen«, brummte der Bundesinnenminister schlecht gelaunt.

»Macht ja nichts.« Der Maler nickte dem Minister und dem Polizeipräsidenten freundlich zu und zog Knut am Ärmel in den Flur hinaus. »Sieh mal, ich hab eine Idee.« Er öffnete die Einkaufstasche, die er mitgebracht hatte, und hielt sie Knut unter die Nase. Der stutzte kurz, runzelte die Stirn und sah etwas ratlos aus. Dann zog sich langsam ein breites Grinsen über sein Gesicht.

»Mein lieber Maler, du bist wirklich ein Schlaufuchs.«

Knut drehte sich um und ging zurück in die Küche.

»Meine Herren, ihr könnt beruhigt sein. Irgendwie habe ich das Gefühl, dass sich die Lage schon bald beruhigen wird. Geht zurück in euer Hotel und schlaft euch aus. Morgen früh sieht alles anders aus.« Dabei zwinkerte er dem Maler zufrieden zu.

Kochend vor Zorn schlug der Papst mit der Faust auf die Marmorplatte seines Schreibtisches.

»So eine Sauerei! Was geht da in dem verfluchten Dorf vor sich? Unsere Leute sollten eine friedliche Lösung finden, stattdessen treten sie einen Bürgerkrieg los! Bin ich denn nur von Trotteln umgeben?«

Während er schimpfte, nieselten Speicheltröpfchen auf den armen Chefsekretär nieder.

»Die Sache muss in Ordnung kommen. Und zwar bald. Mir ist gleichgültig, wie Ihr das Dilemma lösen werdet. Hauptsache, die Heilige Kirche wird da rausgehalten.«

Nachdem der Bundesinnenminister und der Polizeipräsident endlich gegangen waren, rief Knut den Kegelklubvorstand zusammen. Sie versammelten sich in der gemütlichen Küche, aßen Strammen Max ohne Gürkchen, tranken Bier und Zitronenlimonade. Zwischendurch sahen sie sich den Plastikfisch an, den der Maler in seiner Einkaufstasche mitgebracht hatte.

»Wie bist du bloß auf diese geniale Idee gekommen?«, fragte der Pastor den Maler.

»Ich wusste gar nicht, dass es sowas gibt. Ein Karpfen aus Kunststoff. Wer braucht sowas? Wozu wird das hergestellt?«, wunderte sich Lena.

»Den gibt es an jeder Ecke zu kaufen«, behauptete der Maler. »Als Souvenir. Seit unser Fisch so berühmt ist, werden diese Dinger in Massen produziert und verkauft.« Freundlich und stolz tätschelte er dem Plastikkarpfen den Kopf.

Der Vorstand des Kegelklubs saß die ganze Nacht beisammen, aß und trank und kicherte. Diesmal war auch Bürgermeister Jochen mit dabei. Der sagte zwar noch immer nichts, aber er lächelte zufrieden die Fischattrappe an.

Kurz bevor der Morgen dämmerte, schlichen sie gemeinsam durch Heuwede zur Kathedrale. In dieser frühen Stunde war es ziemlich ruhig im Dorf. Hier und da wachten ein paar Demonstranten an Lagerfeuern, an manchen Ecken standen Polizisten herum und hielten die Stellung. Es machte beinahe den Eindruck, als wolle der Bürgerkrieg sich bis zum nächsten Morgen ausruhen, um dann mit frischer Energie zu wüten.

»Auch der wildeste Chaot und der wackerste Polizist muss sich mal eine kleine Pause gönnen«, flüsterte Lena leise, als habe sie Angst, die Ruhe zu stören.

Der Vorstand kam unbehelligt zur Fisch-Kathedrale. Dort versperrten allerdings Polizisten in voller Kampfausrüstung den Eingang. Zunächst wollten sie niemanden durchlassen, doch Knut hatte solche Schwierigkeiten erwartet und seinen Personalausweis mitgebracht. So konnte leicht überprüft werden, dass er tatsächlich der Besitzer des Gebäudes war. Also durften sie hinein. Der Plastikfisch wurde in das Becken gesetzt und ein altes Bettlaken aus dem

Fenster gehängt. Der Maler hatte zuvor einen hübschen Karpfen darauf gemalt und mit Schönschrift dazugeschrieben: »Für Kegelklubmitglieder wieder geöffnet. Ab zehn Uhr.«

Am nächsten Morgen waren die vermummten Fisch-Revoluzzer ziemlich überrascht, als sie das Bettlaken hoch oben an der Kathedrale flattern sahen.

»Leute, seht ihr auch, was ich sehe?«

»Ich fass es nicht, wir haben den Kampf gewonnen!«

»Gelobt sei der Fisch!«

Die Polizisten trauten ihren Augen kaum, als die Leute, die gestern noch Steine und Brandsätze gegen sie schleuderten, die gestern noch allen ›Bullen‹ den Tod gewünscht und Parolen gebrüllt hatten, nun brav in der Schlange standen und geduldig darauf warteten, eingelassen zu werden.

Der niedersächsische Polizeipräsident und der Bundesinnenminister konferierten gerade in Knuts Küche, als sie telefonisch über die neue Lage informiert wurden.

»Verstehen Sie das?«, fragte der Minister.

»Nein, das ich kann mir beim besten Willen nicht erklären.«

»Jedenfalls scheint nun alles in Ordnung zu sein. Sie bleiben noch ein paar Tage vor Ort. Wenn die Situation stabil bleibt, werden wir unsere Leute wieder abziehen. Ich erwarte Ihren Bericht.« Der Minister verabschiedete sich und ging.

»Wo kommt denn nun dieser Fisch so plötzlich wieder her?«, fragte der Polizeipräsident.

»Ich habe keine Ahnung«, sagte Knut, »er war einfach plötzlich wieder da.« Grinsend fügte er noch hinzu: »Es ist eben ein ganz besonderer Fisch.«

Nachdem die Türen zur Fisch-Kathedrale geöffnet worden waren, drängten die Leute in die Halle. Die Wartezeit vor den Toren hätte zu allgemeiner Unzufriedenheit führen können, doch die Fisch-Jünger aus aller Welt waren unsagbar glücklich, dass sie endlich wieder zu dem heiligen Wasserwesen vorgelassen wurden. Von Ungeduld oder schlechter Laune war nirgends etwas zu spüren. In der langen Schlange vor dem Gebäude wurde geplaudert, gesungen und getanzt. Es war eine Stimmung wie auf einem riesigen fröhlichen Hippiefest. Die Polizisten standen staunend daneben. Sobald ihre Schicht vorbei war, stellten sich die meisten von ihnen ebenfalls an und traten dem Kegelklub bei.

Am Wasserbecken mit den goldenen Verzierungen beugte Knut sich zum Plastikfisch und tat so, als würde er sich kurz unterhalten. Anschließend sprach er in das Mikrophon: »Der Fisch fragt, was ihr hier wollt?«

Ein Raunen ging durch den Saal. Einzelne Stimmen waren zu hören: »Wir wollen dem Fisch huldigen!«

»Sag uns, ehrwürdiges Schuppentier, wie wird die Zukunft sein?«

»Jeht s dir jut, Fisch? Biste jesund?«

Knut hob die Arme, um der Menge zu signalisieren, dass sie schweigen sollte. Er beugte sich erneut zu der Attrappe, wechselte ein paar gewisperte Worte und sprach zu den Leuten: »Der Fisch sagt, es ist ihm egal, was die Zukunft bringt. Viel wichtiger ist, dass ihr euch anständig benehmt und nicht mehr so einen Radau veranstaltet.«

»Oh!«, riefen ein paar Leute.

Andere riefen: »Hört hört, der Fisch hat gesprochen.«

Einer der Fisch-Jünger hob sich ein bisschen hervor. Er hielt eine richtige kleine Ansprache: »War es nicht in deinem Sinne, dass wir für unsere Rechte gekämpft haben? Ist es denn nicht in Ordnung, dass ein jeder zu dir kommen darf? Du bist doch nicht nur für die Elite da, oder? Du bist doch ein Freund des Volkes, ein Menschenfreund! Ob groß, ob klein – ob arm, ob reich! Es darf doch ein jeder bei dir vorsprechen.«

Knut gab die Antwort des Plastikfisches an die Leute weiter: »Hm naja, ein Menschenfreund? Ich weiß nicht.«

»Er weiß es nicht!«

»Er verachtet uns!«

»Oh Graus!«

Knut vergaß so zu tun, als halte er Rücksprache mit dem Fisch. Zum Glück fiel das niemandem auf.

»Nein nein, so hab ich das nicht gemeint! Ihr seid alle wirklich sehr nett. Ich mag euch. – Hat der Fisch gesagt.«

»Ist das nicht wunderbar?«

»Des Fisches Liebe lässt uns alle erstrahlen!«

»Halleluja!«

Gegen Mittag löste Freya Knut am Fischbecken ab. Er war nach der langen Nacht und dem anstrengenden Vormittag todmüde. Auf dem Heimweg dachte er an den Fisch. An den echten. Nicht an den aus Plastik. Knut hatte ihn gemocht. Das morgendliche, gemeinsame Zeitunglesen würde er vermissen. Die Gespräche mit dem vergesslichen Karpfen ebenfalls. Da traf es Knut wie eine plötzliche Erleuchtung: Er würde den Fisch niemals mehr wiedersehen. Er war weg. Fort. Für immer verschwunden. Knut wusste nicht wieso, aber irgendwie war er sich sicher, dass es seinem nassen Freund gut ging. Und so war er traurig und glücklich gleichzeitig.

»Morgen muss ich unbedingt Gürkchen besorgen«, sagte Knut, legte sich ins Bett und schnarchte.

Fünfundzwanzig Kapitel, in dem eine Weltreligion stillgelegt wird

Der Stellvertreter aus Plastik bewährte sich wunderbar. Der Volkszorn verrauchte ebenso schnell, wie er aufgekocht war. Wenige Wochen nach den Heuweder Krawallen herrschte wieder Frieden in dem beschaulichen Dorf zwischen Fischerhude und Quelkhorn. Das einzige, was die Idylle ein wenig trübte, waren die Massen an Fisch-Jüngern, die die Wege verstopften.

»Ich habe den Eindruck, es werden immer mehr«, sagte Pastor Paul. Er saß mit Florentine und Lena vor der Kathedrale und schaute sich das Treiben an.

»Das hast du richtig erkannt«, meinte die Prinzessin. »Seitdem es hier wieder einigermaßen zivilisiert zugeht, hat der Kegelklub eine Menge neue Mitglieder bekommen. Und täglich werden es mehr. Ich weiß gar nicht, wohin mit all dem Geld.«

Lena gähnte und reckte sich.

»Na, das ist doch mal ein schönes Problem.«

»Tja, jetzt sind wir alle wirklich vermögend«, stellte die Prinzessin fest. »Und alles nur wegen eines Fisches.«

»Aber«, gab der Pastor zu bedenken, »die Frage ist doch: Was haben wir eigentlich davon?«

»Wie meinst du das? Wir sind reich.«

»In finanzieller Hinsicht liegst du sicherlich richtig, Lena, aber ich frage dich, ist das«, er zeigte mit einer großen Geste auf die Menschenmasse, »wirklich das, was wir wollen?«

»Tja, es ist, wie es ist. Niemand kann die Zeit zurückdrehen.«

Doch da war der Pastor sich nicht so sicher.

Knut dachte ähnlich wie der Pfaffe. Als der Fisch noch ein Fisch war und keine Attrappe aus Kunststoff, da hatte ihm die ganze Sache noch Spaß gemacht. Auch die erste Zeit mit dem Plastikfisch hatte ihm gut gefallen. Er fand es spaßig, den Spinnern im Namen des Karpfens irgendwelchen Blödsinn zu erzählen. Und dass er nie wieder richtig arbeiten musste, gefiel ihm auch gut. Doch irgendwie ... Heuwede war nicht mehr so wie früher, sein Hof war nicht mehr so wie früher, nichts war mehr so wie früher. All die fremden Leute gingen Knut auf die Nerven und er vermisste den Karpfen.

Als Florentine ihm eines Tages beim gemeinsamen Frühstück vorschlug, weiter zu expandieren, wurde ihm beinahe übel.

»Weißt du, Knut, der Kegelklub wächst und wächst. Jeden Tag gewinnen wir ein- oder zweihundert neue Mitglieder. Der Klub explodiert geradezu. Jetzt ist der richtige Zeitpunkt gekommen, um zuzulegen. Und zwar kräftig. Einen solchen Rückenwind dürfen wir nicht ungenutzt vorüberziehen lassen.«

»Und wie soll das aussehen?«

»Ganz einfach: Wir richten Filialen ein. Überall auf der Welt, in jeder größeren Stadt werden wir Kathedralen errichten. Wir müssen nicht mehr mit einem einzigen Fisch auskommen. Wir können Hunderte einsetzen.« Florentines Augen begannen zu leuchten. »Wir nutzen Attrappen im großen Stil. Und wir werden Fisch-Priester ausbilden. Ich sage dir, Knut, bald haben wir überall auf der Welt unsere Zweigstellen!«

»Und wozu?«

Diese Frage irritierte die Prinzessin.

»Naja«, sagte sie, »um weiter zu expandieren, um weitere Klubmitglieder zu gewinnen.«

»Und wozu?«, fragte Knut erneut.

»Äh, um die Gewinnspanne zu maximieren, um Geld einzufahren.«

Knut wollte seine Frage gerade zum dritten Mal stellen, da winkte die Prinzessin ab.

»Ich verstehe schon. Du meinst, es reicht.« Sie seufzte. »Vielleicht hast du Recht, aber die Gelegenheit ist gerade so günstig.«

»Eine feine Sache ist die Gier – doch weiter kommst du ohne ihr.«

»Was?«

»Ist mir gerade so eingefallen. Mehr als satt essen können wir uns alle nicht, und dafür reicht das Geld bis an unser Lebensende und weit darüber hinaus. Florentine, du möchtest den Laden noch weiter vergrößern, ich aber denke, es ist an der Zeit, die Sache zu beenden. Wir haben unseren Spaß gehabt. Wir haben mehr Geld in den Taschen, als wir jemals ausgeben können. Der Karpfen, um den es sich eigentlich drehen sollte, der ist nicht mehr da. Stattdessen haben wir nichts zu bieten, als einen dämlichen Plastikfisch. Also, ich frage dich, warum sollen wir den Laden an diese Stelle nicht einfach hinschmeißen?«

Die Prinzessin war solch einen Schwall an Worten von Knut nicht gewohnt. Sie wartete kurz ab, ob er wirklich fertig war.

»Äh«, sagte sie, »aber trotzdem ... es läuft gerade so gut.«

»Man soll aufhören, wenn es am Schönsten ist.«

»Ja, schon. Aber wird es nicht wieder zu Krawallen kommen?«

»Nicht, wenn wir die Sache vernünftig abwickeln.«

Natürlich war das eine Entscheidung, die sie nicht ohne die anderen Vorstandsmitglieder treffen wollten, also berief Knut eine Sondersitzung ein. Und weil es früher immer so schön war, wenn der Kegelklub sich an den Donnerstagen am Kriegerdenkmal traf, bat er darum, diesmal auch wieder dorthin zu kommen. Ins Wartehäuschen der alten Bushaltestelle. Und damit es ebenso gemütlich und gesellig werden sollte, wie früher, brachte er einen Kasten Bier mit. Und für den Maler ein paar Flaschen Zitronenlimonade.

Freya und der Pfaffe waren sofort einverstanden, diese sonderbare Fisch-Geschichte zu beenden und den Kegelklub wieder dem ursprünglichen Sinn, dem geselligen Beisammensein in kleiner Runde, zurückzuführen. Lena war es im Grunde gleichgültig, wie es weitergehen sollte.

»Wieso nicht? Wenn ihr wollt, machen wir Schluss. Oder einfach weiter. Ist mir egal.«

Der Bürgermeister äußerte sich nicht. Er saß schweigend auf der Bank und angelte. Der Maler stimmte Knut zu: »Uns geht es gut. Wir alle haben mehr Geld, als wir brauchen und irgendwann muss man den Sack auch mal zumachen.« Schließlich stimmte auch die Prinzessin zu: »Meinetwegen. Beenden wir diese Angelegenheit. Du hast Recht, Knut, wahrscheinlich sollte man wirklich aufhören, wenn alles prima läuft. Es reicht, schicken wir den Plastikfisch in den Ruhestand.«

Nun plante der Vorstand, wie sie dieses heikle Vorhaben umsetzen wollten.

»Zunächst einmal«, meinte die Prinzessin, »sollten für den Kegelklub keine Mitgliedsbeiträge mehr erhoben werden.«

»Ist das dein Ernst?«, fragte der Maler verblüfft. »Dann wollen doch noch mehr Spinner beitreten.«

»Das glaube ich nicht. Die meisten Leute wissen nur zu schätzen, was Geld kostet. Wenn niemand mehr Beiträge zahlen muss, denken sie, dass die Mitgliedschaft nichts mehr wert ist. Und dann verlieren sie das Interesse am Klub. So einfach ist das.«

»Meinst du?«

»Auf jeden Fall. Und als zweiten Schritt sollten wir die Fisch-Kathedrale für jeden öffnen. So verliert der Kegelklub noch mehr an Bedeutung. Ob Mitglied oder nicht, jeder, der will, darf zum Fisch. Ohne Eintritt, ohne Bedingungen.«

»Wie jetzt?«, staunte der Maler. »So willst du die Menschen abschrecken? Wenn alle kommen dürfen, kommen doch noch viel mehr.«

»Vielleicht am Anfang. Auf Dauer hat niemand Lust, allzu lange in der Schlange zu stehen. Und wenn es nichts kostet, sowieso nicht.« Florentine grinste schelmisch. »Zumal der Fisch auch keine interessanten Weisheiten mehr von sich geben wird.«

»Jooh, so machen wir es«, sagte Knut.

Die Nachricht, dass keine Mitgliedschaft mehr nötig war, um zum Fisch vorgelassen zu werden, überraschte die Öffentlichkeit. Es kam zu einigen Austritten, doch die meisten Kegelklubmitglieder kümmerten sich nicht weiter darum, denn Beiträge brauchten sie ja sowieso nicht mehr zu bezahlen. Ihre Mitgliedschaften gerieten in Vergessenheit. Und neue wurden nicht beantragt. Wozu sollte das auch jemand tun? Florentine löschte konsequent sämtliche Daten und lagerte den Computer schließlich auf Knuts Dachboden ein.

Nun geriet zwar der Kegelklub in Vergessenheit, doch da nun jeder zum Fisch durfte, wurde die Schlange vor der Kathedrale jeden Tag etwas länger. Wenn abends die Tore geschlossen wurden, standen noch immer etliche Leute an. Viele von ihnen übernachteten dann gleich dort vor Ort, um am nächsten Morgen rechtzeitig anstehen zu können.

»Viel gewonnen haben wir nicht. Im Gegenteil. Alle wollen zum Fisch und wir kriegen nicht mal mehr Geld dafür«, stellte der Lena fest.

»Du hast genug Geld«, sagte Florentine. »Und nun kommen wir zum zweiten Teil des Planes.« Sie zwinkerte Knut zu.

Am folgenden Morgen riefen die Pilger Knut, dem Hohepriester des Fisches, zu: »Oh, weises Wasserwesen, sage uns, welches ist der rechte Weg zur Glückseligkeit?«

Daraufhin beugte er sich zum Wasser hinunter, flüsterte etwas hinein, wartete kurz ab und schüttelte den Kopf. »Er sagt nichts.«

»Wie? Er schweigt?«

»Das kann doch nicht angehen!«

»Ein böses Omen!«

Knut beugte sich erneut über das Becken, lauschte und sprach zu den Pilgern: »Ich glaube, er schnarcht.«

Ehrfürchtig und rücksichtsvoll schwiegen nun auch die Fisch-Jünger. Hier und da wurde ein wenig getuschelt, doch in den nächsten Stunden herrschte andächtige Stille. Als die Kathedrale geschlossen werden sollte, schlichen die Pilger auf Zehenspitzen hinaus.

Am nächsten Tag trug sich Ähnliches zu. Diesmal behauptete Knut allerdings, der Fisch habe gesagt, er habe Kopfweh und die Leute sollten bitte leise sein.

»Der Fisch darf nicht zu plötzlich verstummen«, hatte Florentine ihn gewarnt. »Du musst den Leuten immer mal wieder ein paar Fisch-Worte zu schlucken geben. Das Gift muss langsam ausgeschlichen werden, sonst drehen sie wieder durch.«

Also ließ Knut den Fisch immer mal wieder so Sachen sagen wie: »Ich mach jetzt mal ein Schläfchen.« Oder: »Heute sag ich nichts mehr.« Oder: »Leute, ihr könnt nach Hause gehen, hier passiert nichts mehr.«

Über Wochen sprach der Fisch immer weniger mit dem Volk. Oft wollte er sich ausruhen und oft schlief er schon, wenn die ersten Gäste kamen.

Und schließlich, ganz langsam und kaum wahrnehmbar, gingen die Besucherzahlen zurück. Zunächst nur ganz allmählich, doch dann immer schneller und schließlich, nach Monaten blieb die Kathedrale vollkommen leer.

Als Knut eines Tages den Plastikfisch in der Mülltonne entsorgte, bemerkte es niemand.

Sechsundzwanzigstes Kapitel, in dem der Bischof eine Belohnung für etwas erhält, für das er nichts kann – und die Prinzessin ihren Rücktritt verkündet

Dass Franziskus seine Soutane beim Frühstück mit Eigelb bekleckert hatte, interessierte ihn gar nicht, denn er war außer sich vor Freude. Fröhlich tänzelte er zu den Büros. Bereits an der Tür wurde er vom Chefsekretär erwartet. Der grinste glücklich und begrüßte das Kirchenoberhaupt mit einer dezenten Verbeugung. Damit gab sich der Papst nicht zufrieden. Er umfasste den Chefsekretärenkopf mit beiden Händen, zog ihn ein wenig zu sich heran und schmatzte ihm einen nassen Kuss auf die Stirn. Der lächelte freundlich und ergeben.

»Heiliger Vater? Seid Ihr zufrieden mit den neuesten Entwicklungen?«

»Das kann man wohl sagen! Donnerwetter, und ob ich zufrieden bin! Lass uns reingehen und alles Weitere besprechen.«

Die beiden hatten allen Grund zu guter Laune. Diese teuflische Sekte aus Norddeutschland, der sogenannte Kegelklub, hatte faktisch aufgehört zu existieren. Der dämliche Karpfen hatte keine Bedeutung mehr. Und der noch dämlichere Knut Harmsen erst recht nicht.

»Also, mein Lieber, erzählen Sie.«

»Haben Eure Heiligkeit nicht den Bericht gelesen?«

»Doch hab ich. Natürlich. Aber ich möchte es von dir hören. Konnten wir diesen Satan in Karpfengestalt tatsächlich bezwingen?«

»Es sieht ganz danach aus. Dem Kegelklub sind all seine verwirrten Anhänger abhandengekommen. Der Fisch ist bloß noch ein Fisch und der Bauer ist bloß noch ein Bauer. Es ist nur noch eine

Frage der Zeit, bis all die verlorenen Seelen in den Schoß der Kirche heimkehren werden.«

»Das ist ja wunderbar!«, rief der Papst entzückt. »Ganz wunderbar. Offensichtlich haben wir den Richtigen dorthin entsendet, nicht wahr?«

»Offensichtlich, Heiliger Vater.«

»Bischof Thomas ist ein guter Mann, sag ich dir, vielleicht unser bester. Der Herr segne ihn.«

»Amen.«

»Jaja, amen und so, aber wir wollen uns auch nicht lumpen lassen. Stelle bitte einen Geschenkkorb zusammen. Mit Blumen und Leckereien und so. Lass dir was Hübsches einfallen. Aber bring es zu mir, bevor du es unserem Helden schickst. Ich möchte noch ein paar persönliche Zeilen des Dankes dazulegen.«

Bischof Thomas war verblüfft, als ein Bote ihm einen riesigen Geschenkkorb brachte.

»In Dankbarkeit für besondere Dienste und mit den besten Grüßen von Papst Franziskus«, stand auf einem hübschen Briefumschlag mit goldenem Rand und dem päpstlichen Siegel. Thomas fuhr sich mit der Hand über die Stirn.

»Aber was habe ich denn gemacht?«, fragte er sich. »Womit habe ich das verdient?«

Er nahm den riesigen Korb, stieg ins Auto und fuhr nach Heuwede. Wenn er auch den Karpfen nicht mehr um Rat und Beistand fragen konnte, hatte er doch in Frank Brocken, der immer noch im Campingbus in Heuwede wohnte, einen guten Freund gefunden. So zog es ihn immer noch regelmäßig in das beschauliche Dörfchen zwischen Fischerhude und Quelkhorn.

»Ach du meine Güte«, rief Frank voller Bewunderung und bestaunte den prächtigen Geschenkkorb. »Und der ist wirklich vom Papst persönlich? Das ist ja allerhand.«

Er wühlte in den edlen Spezialitäten herum. Da gab es verschiedene Sorten Käse, echte Salame Veronese und Salame Milano, sommerfrischen Weiß- und fruchtig-herben Rotwein, getrocknete Kräuter und herzhaften Culatello Schinken.

»Wer soll das bloß alles essen?«, fragte der ehemalige Versicherungsmakler.

»Na wir beide. Wer sonst?«

Sie machten es sich in den Klappstühlen auf dem ehemaligen Kartoffelacker gemütlich.

»Willst du den Brief nicht lesen?«

Der Bischof roch an einer Wurst, biss hinein und bat kauend, »Lies ihn vor, ich esse gerade.«

Frank riss den Umschlag auf.

> Mein lieber verehrter Bruder Thomas!
>
> Für deine besonderen Dienste an unserem Herrn und an der großen Heiligen Kirche bin ich dem Allmächtigen und dir, der die Ehre hatte, Gottes Werkzeug auf Erden zu sein, ausgesprochen dankbar.
>
> Du hast durch dein frommes Wirken die christliche Welt gerettet und ich möchte behaupten, auch die Welt aller Menschenkinder, denn ohne den rechten Glauben ist alles dem Untergang geweiht.
>
> Wie kann ich einem Helden des einzig wahren Glaubens meine tiefergebene Dankbarkeit erweisen? Mit Gold? Mit prächtigen Schätzen und prunkvollen Besitztümern?
>
> Oh nein, mein lieber, verehrter Bruder, all diese weltlichen Gaben können einen so edlen Menschen, einen ehrwürdigen Diener Gottes, doch nur kränken.
>
> Doch eines kann ich armer Sünder dir dennoch geben: Ich werde dich zu gegebener Zeit in den Stand eines Heiligen erheben.

Denn ein Wunder war es, was du da bewirkt hast.
Mit brüderlichen Grüßen der reinen Liebe und Dankbarkeit
Dein dir ergebener Bruder und Diener Franziskus

Frank ließ den Brief sinken.

»Was bedeutet das?«

Thomas schluckte die zerkaute Wurst herunter und nuschelte verlegen: »Offensichtlich habe ich ein Wunder bewirkt und damit die Welt gerettet.«

»Und was war das für ein Wunder?«

»Das wüsste ich selbst gerne.«

Nachdenklich betrachtete Thomas den Wurstzipfel in seiner Hand, dann zuckte er mit den Schultern und sagte fröhlich: »Ach, was soll's? Wenn ich eines vom Karpfen gelernt habe, dann, dass man das Leben einfach so nehmen soll, wie es eben ist.«

Er warf den Wurstzipfel in die Luft, fing ihn mit dem Mund auf und fuhr kauend fort: »Wenn dir ein Wurm oder eine andere Leckerei vor das Maul fällt, frag nicht, woher es kam, frag nicht nach dem Warum und Wieso. Schnapp einfach zu und lass es dir schmecken.«

»Das hat der Fisch gesagt?«

»Nicht direkt, aber so in der Art.«

Florentine, die Prinzessin, sprach am Morgen, noch vor dem ersten Kaffee Knut im Flur an: »Ich hab mir ein paar Gedanken gemacht.«

»Was'n?«

»Ich wohne wirklich gern auf dem Sofa in deiner guten Stube.«

Knut stand da, mit der Zeitung unterm Arm und wartete, dass sie weiterredete.

»Auch den Kegelklub, also den Maler, Lena, den Pfaffen und so, also, ich mag euch alle echt gerne.«

Knut verlagerte das Gewicht von einem Bein auf das andere und wieder zurück.

»Sogar sehr gern.«

Es schien sich eine Sorte Gespräch zu entwickeln, wie es ihm nicht behagte. Irgendwas musste er jetzt wohl sagen.

»Jooh.«

»Und sowieso, die Leute aus Heuwede, die sind alle so nett.«

»Gut.«

Damit hielt Knut das merkwürdige Gespräch für beendet. Gott sei Dank, solche Gefühlsduseleien lagen ihm nicht.

»Ich geh dann mal«, sagte er und ließ die Prinzessin allein. Knut setzte sich in die Küche, las die Zeitung und trank eine Kanne Kaffee.

Als er zurückkam, stand die Prinzessin immer noch da.

»Beim Kegelklub gibt es gar nichts mehr zu verwalten und ich komme mir überflüssig vor«, setzte sie das Gespräch fort, als sei Knut zwischendurch gar nicht fort gewesen.

»Och, naja.«

»Jedenfalls gibt es hier für mich nichts mehr zu tun: Ich lege mein Amt nieder.«

Knut sagte nichts dazu.

»Puh, jetzt ist es raus!« Die Prinzessin haute ihm freundlich auf die Schulter.

»Das war gar nicht so einfach.«

»Was?«

»Ich sagte: Das war gar nicht so einfach.«

»Was?«

»Naja, dir zu sagen, dass ich mein Amt niederlege.« Die Prinzessin zuckte mit den Schultern. »Vielleicht gehe ich jetzt in den Ruhestand. Bin ja nicht mehr die Jüngste.«

»Das hast du schon mal versucht. Hat nicht geklappt.«

»Tja, dann mache ich eben was anderes. Vielleicht eröffne ich eine Surfschule auf Hawaii.«

»Kannst du denn surfen?«

»Darum geht es doch gar nicht.«

»Worum denn dann?«

»Wenn etwas fertig ist, bin ich auch damit fertig. Der Kegelklub braucht mich nicht mehr und ich langweile mich. Da bin ich wie Mary Poppins, wenn ich nicht mehr gebraucht werde, gehe ich.«

Sie erzählte Knut, sie habe nach vielen Jahren ihren Bruder wiedergetroffen. Im Café Lindenlaub. Es wäre schön, seine Familie in Hamburg kennenzulernen. Vielleicht würde sie auch mit ihm ein neues Projekt aufziehen. Wahrscheinlich keine Surfschule auf Hawaii, sondern irgendetwas anderes. Auf jeden Fall etwas, das nichts mit Kegeln oder Karpfen zu tun habe.

»Wir können ja Freunde bleiben«, sagte sie.

»Jooh«, sagte Knut und ging aufs Klo.

Siebenundzwanzigstes Kapitel, in dem die Geschichte endet

Der Kegelklub war fast auf seine ursprüngliche Größe zusammengeschrumpft. Vollständig verschwunden war er allerdings nicht. Die Mitglieder trafen sich wieder jeden Donnerstag am alten Kriegerdenkmal. Zwar gab es hier keine Kegelbahn, doch alle waren sich einig, dass sie darauf verzichten konnten. Zumal es bei dem Sport ja sowieso hauptsächlich um das gesellige Beisammensein ging. Neben Knut, dem Maler und dem Pfaffen gehörten nun auch Lena und die Kräuterhexe dazu. Und sogar der Bürgermeister setzte sich scheinbar gern mit in das Wartehäuschen der stillgelegten Bushaltestelle und angelte schweigend. Natürlich ohne Schnur und Haken. Der restliche Klub plauderte über alte Zeiten und manchmal über den Fisch. Dabei tranken die Mitglieder Bier und Zitronenlimonade.

»Mensch Bürgermeister«, Knut schlug ihm fest, aber freundschaftlich auf die Schulter, »so langsam kannst du mal aufhören zu schmollen. Die blöde Sache mit dem Wildkraut-Ex ist doch nun schon so lange her.«

Der Bürgermeister reagierte nicht auf Knut, sondern angelte in aller Ruhe weiter. Die anderen Kegelklubmitglieder waren in ihre Gespräche vertieft. Der Maler erzählte, worauf Lena bei der Wahl der Pinsel achten müsse, denn sie hatte beschlossen, mit der Malerei anzufangen. Der Pfaffe und die Kräuterhexe führten ein heftiges spirituelles Grundsatzgespräch. Freya sagte: »Ist doch völlig egal, woran sie geglaubt haben. Hauptsache, es tat ihnen gut und sie waren nett zueinander.« Der Pfaffe nickte und rieb sich nachdenklich sein stoppeliges Kinn.

Knut wollte gerade etwas zum Bürgermeister sagen, da schloss er den Mund wieder und fing an zu grübeln. Nach einer Weile grinste er, verabschiedete sich und ging nach Hause. Am nächsten Morgen fuhr Knut mit dem Trecker nach Bremen in ein Fachgeschäft. Dort ließ er sich ausführlich beraten.

Zwei Wochen später holperte ein Lieferwagen über Knuts alten Kartoffelacker. Der Fahrer hörte gern Musik aus den Sechzigern und hatte sich auf den Arm einen Karpfen tätowieren lassen. Am Fischteich des Bürgermeisters hielt er an und holte drei Kisten aus dem Laderaum. In ihnen befanden sich 150 Jungfische, die er ohne große Umstände in das klare Wasser kippte.

Das Wildkraut-Ex war längst verflogen und so gediehen die Fischkinder in den folgenden Wochen prächtig.

Florentine, die Prinzessin, hatte ihre Ankündigung wahr gemacht und den Kegelklub verlassen. Für ein paar Tage wohnte sie noch auf dem Sofa in Knuts Wohnzimmer, dann packte sie ihre Sachen und zog nach Bremen-Nord. Dort eröffnete sie mit ihrem Bruder eine vegetarische Metzgerei. Sie stellten pflanzliche Fleischersatzprodukte her und verkauften sie. Zunächst bloß an der Ladentheke im Ort. Doch bald lieferten sie hausgemachte Bratlinge, Sojaschnitzelchen und Tofuwürstchen auch über das Internet. Das Geschäft lief ausgezeichnet. Durch den Versandhandel gewannen sie Kunden auf der ganzen Welt und vermutlich zählten auch etliche ehemalige Fisch-Jünger zu ihrer Kundschaft.

Florentines Bruder Sebastian erzählte seiner Schwester erst nach Jahren, dass er und die drei Veganerinnen den vergesslichen Fisch damals aus der Kathedrale entführt und in die Freiheit gesetzt hatten. Florentine, die gerade über das Rezept einer vegetarischen Blutwurst nachgrübelte, stutzte kurz, dann fing sie an, laut und lange zu lachen.

»Mein Bruder«, gluckste sie, als sie wieder reden konnte, »der große Tierrechtsaktivist, der in Heuwede einen Bürgerkrieg vom Zaun gebrochen hat.« Sie wischte ein paar Lachtränen weg.

»Für einen Fisch, der wahrscheinlich gar nicht befreit werden wollte.«

Lena fing tatsächlich ernsthaft mit der Kunstmalerei an. Ihr erstes richtiges Motiv war der knallrote Ferrari 488, den Knut sich vor langer Zeit gekauft hatte. Knut hatte sich nie an die hohen Geschwindigkeiten gewöhnen können, so stand der Wagen auf dem Hof herum und rostete geduldig vor sich hin. Da die Scheiben irgendwann zerbrochen waren, möglicherweise bei den historischen Heuweder Krawallen, regnete es ständig hinein und auf den Sitzen wuchsen Brennnesseln.

»Ein wunderbares Motiv«, lobte der Maler seine begabte Schülerin.

Der Bischof kam weiterhin regelmäßig nach Heuwede. Das Dorf gefiel ihm nun noch besser als zu den Karpfen-Zeiten. Das lag vermutlich daran, dass Frank Brocken ihm so gut gefiel. Zwischen den beiden Männern, die ja auch schon etwas in die Jahre gekommen waren, hatte sich langsam eine romantische Liebschaft entwickelt. Allerdings war einem katholischen Bischof noch immer nicht erlaubt, in seiner Freizeit seiner homosexuellen Neigung nachzugehen, selbst dann nicht, wenn seine Heiligsprechung kurz bevorstand. So musste das Paar sich heimlich treffen und das ging natürlich nirgends besser als in einem Wohnmobil auf einem ehemaligen Kartoffelacker bei Heuwede.

Gelegentlich kamen die beiden auch zu den Kegelklubtreffen beim alten Kriegerdenkmal.

Für Freya hatte sich nicht viel verändert. Sie war, wie alle vom ehemaligen Vorstand, steinreich, doch das interessierte sie gar nicht. Sie lebte so, wie sie gelebt hatte, bevor sich die Sache mit dem Fisch abgespielt hatte. Am liebsten sammelte sie ihre Kräuter. Die einzige Veränderung im Vergleich zu der Zeit vor dem Karpfen war die Tatsache, dass sie nun jeden Donnerstag zum Kegelklubtreffen kam.

Eines Tages traf Knut bei einem gemütlichen Spaziergang den Bürgermeister. Offensichtlich kam er gerade vom Teich, wo die Tiere inzwischen dick und fett geworden waren. Der Bürgermeister angelte trotzdem weiterhin ohne Schnur und Haken. Schließlich mochte er gar keinen Fisch.

»Moin Bürgermeister«, sagte Knut.

»Moin Knut«, sagte der Bürgermeister und plapperte munter: »Gut, dass ich dich hier treffe. Die jungen Karpfen sind prächtig gewachsen. Es ist die reinste, feinste Freude. Außerdem, was ich dir schon lange mal sage wollte, die Freya hat recht, es ist klug und vernünftig, dass du kein Gift mehr auf deinen Acker versprühst, so ein Dreckszeug macht nur alles kaputt, nicht wahr? Also, Knut, schön, dass du da zur Vernunft gekommen bist. Ich muss jetzt aber weiter, ich will meiner lieben Lena noch was erzählen. Die hat ja angefangen zu malen. Wusstest du das? Sie ist eine richtige Künstlerin geworden. Wie der Maler, bloß besser ...«

Ohne seinen Redeschwall zu unterbrechen, ging der Bürgermeister weiter. Überrascht sah Knut ihm hinterher. Endlich hatte er mit der Schmollerei aufgehört und bekam den Mund wieder auf. Aber wieso musste er gleich so übertreiben? Einfach nur »Moin« hätte doch auch gereicht!

Von nun an plapperte der Bürgermeister nahezu ununterbrochen. Es war, als sei ein mächtiger Damm der Schweigsamkeit in seinem Herzen gebrochen. Er plapperte und plapperte und sein

Redefluss wollte gar nicht mehr versiegen. Der Bürgermeister erzählte, wie traurig er damals gewesen war, als es plötzlich keine Karpfen mehr gegeben hatte, wie sinnlos und leer er sich gefühlt hatte, so ganz ohne fischige Gesellschaft. Die Trauer über diesen herben Verlust hatte ihm regelrecht die Kehle zugeschnürt.

»Ein bisschen besser ging es mir, als ich den vergesslichen Fisch kennengelernt habe. Der war so nett, so freundlich, nicht wahr? Und so klug.«

Scheinbar musste der Bürgermeister nun plötzlich all die Worte herauslassen, die sich in der Zeit seiner Stummheit angesammelt hatten. Und das waren wirklich eine ganze Menge. Doch nach ein paar Wochen beruhigte er sich wieder, und seine Gesprächigkeit pendelte sich auf ein gewöhnliches Maß ein.

Wenn nicht gerade Donnerstag war, setzte sich Knut bei schönem Wetter gern vor die leerstehende Fisch-Kathedrale und beschäftigte sich damit, nichts zu tun. Das, so fand Knut, war eine überaus angenehme Tätigkeit. Der Maler meinte, das sei gar nichts und er solle lieber mal wieder eine neue Religion gründen oder etwas anderes Interessantes auf die Beine stellen. Oder sich um sein Äußeres kümmern. Der Maler sagte manchmal, Knut sehe aus wie ein indischer Guru. Aber der Maler redete ja sowieso meistens nur Blödsinn, fand Knut. Wie damals der Fisch. Die Vögel zwitscherten, die Sonne schien und Knut war zufrieden. Heuwede, das winzige Dorf zwischen Fischerhude und Quelkhorn, hatte die aufregende Zeit schließlich gut überstanden.

Und er wusste genau, dem Karpfen ging es gut, denn das spürte er einfach als ehemaliger Hohepriester des Fisches.

